他国で手に入れたゴム素材で
ゴムタイヤを試作中！
異世界転生者
ペンギン
元日本人で宗次郎という名だった。
現在、領地の開拓を手伝っている。
The exiled reincarnated duke wanted to take it easy on the frontier and work the fields.
追放された転生公爵は、辺境でのんびりと畑を耕したかった
～来るなというのに領民が沢山来るから内政無双をすることに～
8

異世界初のかき氷を実食!
異世界転生者
ヨシュア・ルーデル
元サラリーマンから
公国を統治する公爵に転生。
辺境へ追放されるも、
現在は辺境国と公国を統べる
大公を担うことに。
ヨシュアのメイド
エリーゼ(通称エリー)
真面目な性格で、実は怪力。
ヨシュアのメイド
アルルーナ(通称アルル)
実は、凄腕の暗器使い。

製氷機で作った氷とかき氷機で
ヨシュアの前世知識を活かし
作ったかき氷機。
水あめにベリーを混ぜたシロップをかけ、
小豆をトッピングしたかき氷。

ヨシュアが前世知識で作った便利アイテムを一挙紹介！

避雷針

雷対策ではなく、磁石を作るため作成。稲妻を発生させられる雷獣に協力してもらい磁石作りは成功。これを機に、電気を作り出すことにも成功した。

水車

辺境に追放されたあと、生活基盤を調えるためにも水車の動力を使い鍛冶場を稼働させるため作成。

ルビコン水道橋

上水道設備に活かすため作成。また、ルビコン川の対岸からガラス砂や石灰などを運ぶためにも使用されている。

シャーレ

綿毛病の対策のため、菌の検証や培養のため作成。

観測気球

空から周辺の様子を観察するために作成。のちに改良して、飛行船も製作し周辺国との外交に利用している。

魔石機車

新たな移動手段、そして飛行船では行えない大量輸送のため作成。

ヨシュアのアイテム作りは止まらない！

The exiled reincarnated duke wanted to take it easy
on the frontier and work the fields.
追放された転生公爵は、
辺境でのんびりと畑を耕したかった
8
～来るなというのに領民が沢山来るから
内政無双をすることに～
著 うみ
ill. あんべよしろう

口絵・本文イラスト
あんべよしろう

装丁
木村デザイン・ラボ

CONTENTS

プロローグ　驚愕《きようがく》の神託

「ルーデル公爵。『公爵は君臨すれども統治せず』を目指すとおっしゃっていましたが、そのお考えに変わりはありませんか？」

と聖女に問われ、「政治を神の下に戻す」という名目でルーデル公国から追放刑を受けた。

前世ではハードワークが祟《たた》って過労死した経験から、今世こそは「のんびり暮らしたい」と願っていた俺にとって追放刑は願ってもない話だったのだ。

意気揚々と追放先の辺境に向かい、さあて「畑でも耕すか」と思ったところ——。

俺を慕っていた公国の領民たちが大挙して押し寄せてきてしまう。

覚悟を決めこの地で生活基盤を整えようとしたのだったが、「不毛の地」という称号は伊達《だて》じゃなかった。

生活基盤となる「燃焼石」と「魔石」がまるでない。

そこで俺は新たな生活基盤を築くため「科学」と「魔法」を融合させ、ついに人工の「燃焼石」の製造に成功したのだった。

その後、綿毛病の治療に当たったり、レーベンストックでの祭りに参加したりと息つく暇もない日々が続く。

レーベンストックの祭りでホウライから要請を受ける。彼らの要請とは干ばつ対策だった。そんなわけでかの国を視察することになって、「姫」と呼ばれていた官吏のイゼナと問題点と解決策について議論を交わす。そして、彼女にオラクルのコンクリートに関する技術を見せるべく、ヘロヘロになりながらも彼女を伴いようやくオラクルに戻って来たわけだが――。


屋敷に戻ると何やらいつもと空気が違う。

門の外でルンベルクが待っていて、そっと俺に耳打ちをした。

「イゼナさん。申し訳ありません。急用ができてしまいました。この後はエリーかシャルロッテを付けます」

「いえ。政務のある中、ありがとうございました。更にホウライまで飛行船を出すことまで……何から何まで本当に感謝いたしております」

一体何があったんだろう。

彼女が直接来るなんてただ事じゃないぞ。個人的に訪問した、のだったらホッとすると共にそれはそれで嬉《うれ》しい事なのだけど……。

彼女の責務からして個人的に、はないだろうなあ。

足早に彼女の待つ部屋へ向かう。

応接室に入ると純白の法衣を身に纏《まと》った聖女が窓際に立っていた。

窓の外を眺める彼女の後姿はそれだけで絵になる。

偉そうに何言ってんだって話なので決して口にできないけど、俺がこれまで見た人間の女子の中で彼女ほど綺麗《きれい》でただいるだけで絵になる人は他にいない。

幼い時から彼女のことを見ているが、すっかり大人の美人になったなあ。確かもうすぐ二十歳《はたち》になるのだっけ。

法衣で体型が隠れているけど、平均的な身長に抜群のプロポーション。一流の彫刻家が腕によりをかけて理想の美女を描いたかのような彼女の容姿もまた超然としていて聖女として敬われている要因の一つだと思う。

もちろん、中身もな。「聖女たらん」とするその精神は行き過ぎとも言える。しかし、真摯《しんし》に責務を全うする姿に惹《ひ》かれぬ人はいないだろう。

顔だけをこちらに向けた彼女は口元だけに笑みを湛《たた》え、ゆっくりと瞼《まぶた》を閉じて挨拶《あいさつ》をする。

目を開けた彼女はほんの僅《わず》かの間、本来の色のあるふんわりとした表情を浮かべ元の顔に戻った。

この分だとちゃんとアリシアとしての息抜きはできているようだな。良かった。

「アリシア、待たせてごめん」

「いえ。ヨシュア様、あ、あの……」

戸惑ったように肩を震わせる彼女の小動物のような愛らしい仕草は普段の彼女からするとおよそ似つかわしくない。

あれ、なんか言い方が良くなかった？

彼女が聖女の姿を崩すことは滅多にない。先ほどの本来の顔のように自分から意識してチラリと見せることはあったとしても。

「気に障ることをしたかな?」

「そ、そのようなことは。し、しばらくぶりだったのでつい」

「大丈夫だよ。ここには俺しかいないし、誰《だれ》にも聞こえないようにしているから」

「私がこうなると見越し……ヨシュア様……」

自分の呼び方も「わたくし」ではなく「私」だ。今の彼女は聖女ではなく、アリシアとして振舞っている。

「聞こえないように」と言ったが、たぶんアルルなら聞こえているよな。

彼女が誰かに喋《しゃべ》ることは有り得ないし、聞こうと思って聞いているわけじゃない。聞こえてくるのだから仕方ない。うん。

しばらく俯《うつむ》き、時折首を左右に動かしていた聖女アリシアがブツブツと何やら呟《つぶや》いている。

「だ、だってヨシュア様が、あの笑顔で私に……」なんて言葉が聞こえてきたが、大人な俺は彼女が落ち着くまでそっと見守るのだ。

ようやく顔をあげた彼女は元の聖女の顔に戻り静々と礼をする。

「神託を伝えに参りました」

「直接とは穏やかじゃないな」

「連合国の枢機卿《すうききょう》は帝国に向かっております。そこで帝国の枢機卿と合流し皇帝に謁見《えっけん》する予定です」


「枢機卿の間では情報共有が済んでいるの？」

コクリと頷《うなず》くアリシア。

神託は国家にとって最高レベルの情報である。通常、政府高官に伝えられることが多いが、このように回りくどくわざわざ枢機卿や聖女が訪れることは極めて稀《まれ》だ。

連合国だと聖女も枢機卿も常に教会にいるので、教会を訪れた大臣にどちらかから直接口頭で伝えられる。

連合国では宗教と政治は完全に切り離されているものの、慣例として世俗が神に聞きに行くという形式を取っているんだ。

聖女が馳《は》せ参《さん》じるなんて一体何があったんだろう。

「神託のギフトが新たな者に授けられる、と神託が下りました」

「わざわざ来てくれるほどのことじゃないんじゃないか」

神託のギフト持ち……つまり新しい聖女が生まれることだ。

聖女の交代は既定路線というか、脈々と引き継がれてきたもの。

アリシアの前にも別の聖女がいたし、彼女もまた次世代の聖女に引き継ぎを行う。

わざわざ俺に直接伝えに来るような内容では無いと思うのだが……一体どうしたのだろう？

目を伏せていた彼女は顔をあげ真《ま》っ直《す》ぐ俺を見つめる。

「新たに神託のギフトを授けられる者は二人。一人は連合国、もう一人は帝国だと枢機卿が言っています」

「神託で二人と告げられていて、預言が場所を示した？」

「はい。方角を聞いております。南東の辺境と中央と表現されておりました」

「二人。二人か……俺の記憶では二人という先例がない。神託持ちは一時的に引き継ぐ人と引き継ぎを受ける人で二人にはなる。だけど、二人同時に授かるなんてこと聞いたことが無い」

「聖教でも調べました。ヨシュア様の記憶と同じです」

マジか。マジかああ。

どう扱えばいいんだ、新聖女問題。

神託と預言が下りているのなら「確定的な未来」だ。言葉の取り違えがあるかもしれないけど、「二人」とハッキリ告げられているのなら二人で間違いない。

「神はそれでいいのかもしれないけど、人間側はどう対応すりゃいいのか。枢機卿は何か言っていた？」

「いえ、枢機卿も戸惑っていました」

「神託のギフトが授けられたら、すぐに分かるんだっけ？」

「はい。神託のギフトは惹き合います。どこにいるのかすぐに分かります」

「う、うーん。帝国と相談すりゃいいのか。聖教国全部を交えなきゃならないのか迷いどころだな」

アリシアによると「神託持ち」はまだ生まれていないようだ。

問題は聖女の居住地なんだよね。

聖教国にとって聖女が自国にいるということは大変な名誉なんだ。だから、どの国も聖女を自国内の教会に住まわせたい。

居住地問題が紛争に発展することを懸念した各国は取り決めを行った。

「聖女の生まれた国を聖女の居住地とする」とね。

アリシアはローゼンハイムの商店の娘だったかな……なので、公国の教会を拠点にした。

う、うーん。

預言と神託じゃ、価値がまるで違うからなあ。

預言のギフトも神託と同じように「未来を告げる」という意味においては似たようなものだ。

しかし、預言のギフトは生まれつき持っていて、しかも複数人生まれることもある。確か今も三人くらい預言のギフト持ちがいたはず。

預言のギフト持ちは聖教に所属することが決められていることに対して個人的に思うところはあるけど、世の安定のためには仕方ないと割切るしかない。

ともあれ、預言のギフトの場合は同じ内容がそれぞれに告げられる。三人いれば三人に同じ内容が神から告げられるというわけだ。

一方で神託が授けられるのは必ず一人。代替わりの時に二人になるけど、神託を受けるのはどちらか一人なんだ。

ある日を境に新聖女に神託が告げられるようになる。それから間もなくして旧聖女の神託のギフトが消える。

「前例のないこと。どのように神託が告げられるのかも分かっておりません」

「聖女教育もあるんだよな。となると一か所に集めなきゃ……う、う～ん」

「聖教が火種になることは許されません。聖教は世の安寧を願い、波風を立てることは目的としておりません」

「分かってる。俺だってそうだよ。みんな仲良く。これまでそうやってきたんだから、これからも同じようにやっていけるはずだ」

どうしたものかな。

急ぎアリシアを連れ、帝国に行くべきか。帝国側からこちらに来るには飛行船も無いし時間がかかる。

時間は余り残されていないだろうから、すぐにでも動かなきゃ。

政務？　そんなものもありましたね。山積なんだけど、見て見ぬふりをする。

これをきっかけにして俺の政務が無くなってくれれば……儚《はかな》い期待を胸に、懐に忍ばせた笛を取り出す。

笛に口を付け、大きく息を吸い込むと唐突に扉が開く。

「呼んだかの？」

無い胸を反らし「ふふん」と現れたのはセコイアだった。彼女の後ろでは遠慮がちなアルルの姿。

もう察した。この笛に何か仕掛けをしていたんだな。

「セコイアも屋敷の中にいたのか」

「うむ。この距離で笛を吹かれるとたまらんからの。猫娘もな」

「まだ吹いていないのによく気が付いたな」

「その笛。口で触れたじゃろ。それで分かる。猫娘はお主の呼吸で分かったみたいじゃな」

「何それ怖い……」

触れたら分かるは想定内だったけど、アルルってそんな細かいことまで分かるんだ。ギフトってすげえな。

ぴょこっとセコイアの隣に移動したアルルが膝《ひざ》を少し曲げ俺を見上げる。

「(扉を)開けたら、ダメ、だった?」

「ちょうど呼びに行こうと思ってたから」

大丈夫とできる限り優しい笑顔で彼女に語り掛けた。

グイグイ。

すると、ぶすっとしたセコイアに袖《そで》を引っ張られる。

「全く。すぐに色目を使う。猫娘にはいつものことじゃったな」

「色目ってなんだよ。俺なりに『怒ってない。大丈夫だよ』と安心させようとしたんだって。気持ち悪い顔になってた?」

「ううん。ヨシュア様の笑顔。ふんわり。ほかぽか」

そうだろうそうだろう。決して気持ち悪いわけではないのだ。

これで話は終わり、と話題転換しようとしたら先んじて狐耳《きつね》が爆弾を落とす。

「ほれ、そこの聖……アリシアじゃったか。キミに見惚《みと》れておるぞ」

「……っ。そのようなことはありません」

セコイアが名前で呼んで欲しいという俺のお願いを覚えてくれていたことは評価する。

しかし、アリシアをからかうのはよしてくれ！

ま、でも。気さくに接してくれる友人のような人がいないから彼女は張り詰めてしまったんだ。

そう思うと自然と笑い声が漏れる。

「あはは」

「笑って誤魔化《ごまか》そうたってそうはいかぬぞ。キミは乳が大きい女子《おなご》が好きなのじゃろ？」

「勝手に決めるな！」

前言撤回。涎《よだれ》狐め。

気さくなのはいいが、アリシアに下品な言葉は禁句だろ。

ギギギと彼女の方へ顔を向ける。

俯いて肩を震わせているじゃないか。怒らせてしまったかも。

「アリシア、えー、なんだ。セコイアの言っていることは冗談だからな」

「はい。存じております。ですが、聖女のわたくしでは世俗の会話など不可能でした。私として接してくださり、嬉《うれ》しくて」

「そ、そうか。だったら良かった。この部屋を出るまではアリシアでいてくれていいんだからな」

「……はい。ヨシュア様。お耳を」

何だろう。セコイアとアルルに聞かれたくないんだよな。

どれほど小声で囁《ささや》いてもあの二人には聞こえてしまう。言わなきゃ分からないし……「黙ってろよ」とキッと狐を睨《にら》む。

「うむうむ」と親指を立てる狐。全く信用していないけど、彼女とて本当にマズイことは口にしないしその辺は分別がある。

踵《かかと》をあげる彼女に合わせ首を彼女の方に向けた。

「……いや。あまり気にすることじゃ……。口にしない方がいいと思う」

元の姿勢に戻ったアリシアは僅《わず》かながら頬《ほお》が赤くなる。

俺しか心の内を話すことができる人がいないとはいえ、性別が違うのだから難しいよな。

彼女が何を口にしたのかは俺だけの秘密にしておくとしよう。

「なんだよ」

一人納得していたら、セコイアにグイグイと腰の辺りを引っ張られる。

耳を寄せろって。

無視しようとしたら、膝がガクンと落ち尻餅《しりもち》をつく。

何しやがった。この狐！

満足したのかとてもいい笑顔で俺を眺めた後、彼女が俺の耳元に口を寄せる。

「やはりエリーが良いのか？　揉《も》んだのか？」

「声がでかい。ワザとだろ」

「くすくす」と笑いながら彼女が俺の膝の上に座った。

いや、立てないだろ。座られると。

彼女は気にした様子もなく鼻を鳴らし、片耳だけをペタンと折りたたむ。

「さあ、どうかのお。アリシアと秘密の話を堂々とするヨシュアには教えてやらん」

「全く……。セコイア。すぐにでも帝国に向かいたい。一緒に来てもらえるか」

「良いぞ。宗次郎《そうじろう》の方にかなり興味が惹《ひ》かれておるが、ほかならぬヨシュアの頼みじゃ」

「ペンギンさんからプラスチックのことを聞いたんだ？」

「秘密兵器も見せてもらったぞ。カガクには興味が尽きぬのお」

「俺も鍛冶場《かじば》には通いたい。任せっぱなしも気が引ける」

プラスチックのことは本当に楽しみだ。時間を見付けて合間合間に製品のスケッチをしとこうかな。

すぐに作れそうで売れないだろうな、と思うものでも作ってみたいものがあるんだよ。

銭湯に行くと置いてある安っぽい風呂《ふろ》椅子と桶《おけ》。あの黄色い奴《やつ》だ。あれを使って風呂に入りたい。

何でそんなものを……と疑問を抱くかもしれないけど、ああいったチープな昭和感溢《あふ》れる商品って妙に落ち着くんだよ。

風呂の時間は綺麗《きれい》にするだけじゃなく、リラックスする時間でもある。

だから、風呂グッズには拘《こだわ》りたいなあってね。

◇◇◇

とっとと帝国へ行きたいところだけど、何も指示を出さぬまま行くわけにはいかない。

結局出発できたのは翌日になってからだった。

イゼナをホウライまで送る飛行船の確保もできたし、シャルロッテに俺がいない間、最低限の決裁だけはやってもらうように頼んだ。

治安やトラブル解決に関してはルンベルクとリッチモンドに見てもらうようにして、帝国行きメンバーの選定を行う。

目が回りそうだったけど、何とか調整がつき出発と相成ったんだよ。

アリシアと彼女に付き従ってきた女官二人に彼女らとのつなぎ役としてエリーを選ぶ。

風魔法はセコイアに担ってもらい、操舵《そうだ》役は飛行船運営スタッフから二人借り受けた。

これで俺を入れて八人。

「ローゼンハイムに寄ってから帝国に向かう」

「誰《だれ》か乗せるのかの？」

「うん。折衝事となればローゼンハイムの大臣を連れていきたい」

「ほう。専門家がいるのじゃな」

例のごとく膝の上に座るセコイアと会話をしている間にもローゼンハイムに到着した。

「ヨシュア様。私でよろしかったのでしょうか？」

「唐突に引き抜いてごめん。大臣の中で一番相応《ふさわ》しいと思ったのがグラヌールだったんだ」

「有難いお言葉にこのグラヌール、胸の高鳴りが止まりません」

「経済担当として他国との折衝をこなしてくれたグラヌールなら、と思ってね」

ローゼンハイムで女官を一人降ろし、代わりに経済担当大臣のグラヌールに加わってもらったんだ。


実のところ外交担当の大臣はいる。

ヴァイクセル伯爵という領地持ち貴族なのだけど、ローゼンハイムにいるのは年の三分の一くらいかな。

外交担当に求められる気質は温厚で場を和ませる力である。

和を乱さず、和を尊び、誠実であれ。

聖教国家間の外交を担い、友好的に接することができるように尽力するポジションだ。

厳しい交渉や折衝などはなく、こなす仕事も多くない。廃止するかどうか迷ったのだけど、伝統を重んじこのポジションを残したんだ。

ヴァイクセル伯爵は領地運営の傍ら、外交担当大臣もこなしてもらっている。

まあ、それくらいが丁度いい大臣ってことさ。誤解を招きそうだから一つ断っておくと、彼は決して無能というわけじゃない。

適材適所ってやつさ。

一方で経済担当は他国との輸出入に加え、国内流通についても差配対象である。日々、胃が痛い思いをさせてしまってすまん。

彼が多くの決め事も調整して来てくれたことを知っている。

だからこそ、公国側から誰かと思った時、真っ先に彼の顔が浮かんだんだ。


「……というわけだ。慣例通りに進めることはできない」

「確かに悩ましい問題です。情報統制をするおつもりでしょうか？」

「神託のギフトが発現すれば隠せるものでもない。現時点で連合国内だと枢機卿《すうききょう》を始め聖教の一部幹部とここにいる人たちが知るだけだ」

「混乱が起きる前に対処しようというわけですね。理に適《かな》っております」

打てば響くとはこのこと。さすがグラヌール。

中背痩《や》せぎすで前髪を片側だけ垂らし目が隠れるほど、顎《あご》先だけに残された髭《ひげ》に鋭い目つき。

そんな彼が貴族の官吏風の衣装を着ているものだから、どこの悪役幹部だよって感じに見える。

内実は真逆だ。彼ほど職務に忠実で粉骨砕身尽くしてくれる人は……他にもいるけど、包み隠さず意見を述べてくれる希少な人材である。

頭の切れは大臣の中で一番。

連合国全体でみても管理能力のシャルロッテと折衝・調整能力のグラヌールが両輪かなと思って

いる。

他にも農業担当のバルデスとか人格にちょっとばかし問題があるがオジュロなんて特化型人材もいるのだ。

我ながら優秀な人材を集めたものだと自負している。

分野がそれぞれ違えど、グラヌール、ペンギン、セコイア……と切れ味鋭い人をあげればきりがないほど。

「悩ましいとはいえ、選択肢は限られている。三つかな」

「おっしゃる通りかと。一に慣例通り新聖女はそれぞれの地に住まい、現聖女が移動する。二にどちらかの出身地にまとめる。三に第三国で教育を始める」

「ズバリだ。さすがグラヌール」

「畏《おそ》れ多《おお》くもお褒め頂き恐縮です」

帝国に到着するまでにこちらの方針を固めたい。

短期決戦で済ませる所存。

俺たちの会話もどこ吹く風で祈りを捧《ささ》げているアリシアに目を向ける。

祈りが終わり、目を開いたところで彼女と目が合った。

彼女にだけ見えるように「ごめん」と指で合図してから口を開く。

「新聖女の教育って一日中付きっ切りなのかな？」

「いいえ。祈りの儀には同席して頂きます。ですが、聖女としての立ち振る舞いや考え方については専門の担当がいます」

「そうだったんだ。聖女は移動も多い。ずっと付き従うのかと思ったよ」

「来たばかりの新聖女が各国を訪れると刺激が大き過ぎます」

「聖女。教えてくれてありがとう」

「いえ……」

アリシアって呼べないことを「ごめん」と謝ったつもりだったんだけど、一瞬だけ彼女の顔が氷のようになった。

美女の無表情って迫力があり過ぎて……セコイアが怒っていても何とも思わないんだけどね。むしろ、また涎が出てるぞ、なんて和むほどだ。

刺激が大きい、か。

聖女が民衆の前に立つと大歓声で迎えられるし、どこに行っても誰もが賞賛と尊敬をもって接してくる。かつ、各国の首脳との会席なんてものもあるだろう。

聖女は政治的に利用されてはならない。誘惑も沢山ある。教育が完了し、何事にも動じない、靡《なび》かない聖女になるまでは外には出さない。

言われてみればなるほど、納得だ。

「聖女の各国行脚が減少することによる各国への影響はどれほどになるかだな……」

「聖女教育係の人員数の確認も必要かと」

俺の一言でグラヌールは俺の腹づもりを察したようだった。

三つの選択肢の中で「一に慣例通り新聖女はそれぞれの地に住まい、現聖女が移動する」が最も波風を立てないかなと考えている。

俺がローゼンハイムにいた頃《ころ》だと、現聖女の移動案なんて議題にもあげることができなかった。

しかし、今は違う。

飛行船だ。飛行船があればオラクルまたはローゼンハイムから帝都までものの数時間で到着する。

「ヨシュア様。経済担当の私を招聘《しょうへい》した理由、今更ながら理解いたしました。すぐに察することができず、申し訳ございません」

「まだ説明もしてないし、謝罪する理由なんて一つもないぞ。専用の飛行船の提供。帝国側に飛行船技術が漏れる損失計算をまずお願いしたい」

「はい。到着するまでには試算いたします」

「できる限りだけでいい。時間もないし資料もないからな」

「畏《かしこ》まりました」

グラヌールを呼んだのは飛行船のことだけじゃないんだけどな。

帝国側からどんな意見が出て来るか分からない。その際のアドバイザーとして彼に活躍してもらわないと。

ちょうど話がきれたところを見計らってエリーが深々とお辞儀をする。

「ヨシュア様。お飲み物をお持ちいたしましょうか？」

「みんなにもお願いできるかな。セコイアは甘いのを。俺とグラヌールにはコーヒーを頼む。エリーも飲んでね」

「畏まりました。セコイア様はタピオカミルク、メープル入りでよろしいですか？」

「シュガーはあったかの？」

「はい。ございます」

「たっぷり頼むぞ」

メープルもシュガーこと砂糖もオラクル産だ。

砂糖はほら、例の虫があっただろ。飼育も順調で市場へ出すまでにはまだまだかかるけど、俺たちだけじゃ使い切れないほどの在庫になった。

飼育場所を拡張して、市場へ砂糖を供給できるようになることが今の目標だ。

提供元のレーベンストックにも飼育について情報共有している。気候的にはレーベンストックの方が適しているはずだから、向こうで量産体制が取れるならお任せして俺たちは輸入でもいいかなと他力本願な気持ちも……いや、他力本願は危険だよな。オラクルはオラクルで進めていかないと。

ん。セコイアが俺の膝《ひざ》から降りた。

エリーを手伝って飲み物を持ってこようとしているのかな？

うんうん。セコイアがとことことエリーの下へ歩いて行った。

彼女の前に回り込み、目線を上に向ける。

じっと黙ったまま顎に手をやり「ふうむ」と唸《うな》るセコイアに対しエリーが首を傾《かし》げた。

「どうされました？」

「同じくらいかの」

ハテナマークが頭に浮かぶエリー。

一方で満足したのか元の位置――俺の膝の上に戻って来るセコイア。

「さすがに失礼極まると思うぞ」

「確認じゃ確認。良い機会じゃろ。ほれ、二人ともこの場にいるじゃろうて」

「これ以上喋《しゃべ》るな。もう分かっただろ。うん、口にするなよ」

「そうじゃのお。どうしようかのお」

こら、アリシアとエリーに対して交互に目線を送るんじゃない。

エリーもセコイアに声をかけられるだけかけられてその場に留《とど》まっているじゃないか。

「エリー。セコイアのことは気にしなくていい。お茶を頼むよ」

「よろしいのですか？　セコイア様が何か御用があったのでは？」

「ないない。くだらないことだし、気にしなくていいから」

「は、はあ……。ではご用意いたします」

エリーがクルリと踵《きびす》を返し、奥へ向かう。

ふう。彼女に気付かれずに済んだ。エリーにはな。

アリシアには気付かれている。屋敷でのやり取りがあったから仕方ない。

セコイアの暴走で俺まで同じように見られていないか心配だよ、全く。

「いやらしく目で追いよってからに」

「後ろ姿だろ。ホッとしているだけだ」

「そういうことにしておいてやろうかの」

「違うからな。アルル、ほら、アルルを思い浮かべてみろ。エイルでもいい」

「ほおほお。お盛んじゃのお」

「だから違うって！」

どうしてこうなるの、と思いつつも飛行船は進んで行く。

帝国に到着するまでできる限りの準備をしなきゃな。

第一章　帝都の図書館は凄《すご》いぞ

帝都イェンブルク。

大陸最大と言われるヴォルヴァ湖の畔《ほとり》に位置し、聖教国家の中では最も古い都市である。

ローゼンハイムの倍以上の人口を誇り、今も尚《なお》、大きな影響力を持つ。

飛行船は帝国領内を順調に運航中。地図によるとそろそろ帝都に到着する頃《ころ》か。

帝国に来るのは実のところ二度目なんだ。隣国でもあり政治的にも最重要国家である帝国と疎遠になったからという訳ではない。先代の時と変わらぬ良好な関係が続いている。

じゃあ何で一回なんだって話だが、距離的な問題だよ。ローゼンハイムからオラクルとローゼンハイムから帝都までは直線距離にして三倍近く離れている。直線距離だけで言うとレーベンストックのバーデンバルデンより遠い。車も飛行機もない世界だと隣国に行くだけでも大仕事になってしまうんだ。

長期間、政務をほっぽり出すわけにはいかないからね。正直、何もかも忘れて馬車の旅をしたかった……公国時代は立て直しに必死で死んだ目をしていたからな……。

同じ理由で共和国にも一度しか行ったことがないんだ。

「ヨシュア。そろそろ到着するがあの場に降ろせば良いのかの？」

「あの場と言われても裸眼じゃ見えん」

はて、そうは言われましても、俺の視力じゃ何も見えないぞ。

失礼してセコイアを膝から降ろし、窓際に向かう。窓を眺めるアリシアに少し横へそれてもらって双眼鏡を覗《のぞ》き込む。

あ、しまった。グラヌールもいたのだった。

案の定、俺がアリシアを押し退《の》けたようにも見える動きに彼が大きな反応を見せる。

眉間《みけん》に皺《しわ》が寄り、口を開いて、思い詰めたように閉じ……を繰り返していた。

そんな状況でアリシアが俺の耳に口元を寄せる。

特に隠さなきゃいけない場面でもないのに、聖女が自ら寄るなどグラヌールがひっくり返ったらどうするんだ。

「い、いま、耳元は不味《まず》くないか」

寄せただけで何も語らぬアリシアはすぐに俺から離れ、窓の方へ体ごと向き直った。

彼女なりのイタズラだってことをようやく理解する。帝都に入ったら彼女とこうして接することは不可能だからな。こうして最後に息抜きをすることは悪くない。

ひょっとしてさっき「聖女」と呼んだことに対する意趣返しか。

彼女が少しでもリラックスしてくれているだろうから悪い気はしないけど、今はグラヌールの対応をしなければ。

「グラヌール。まあ、そのなんだ」

「重々承知しております。このことは墓場まで持っていきます。ご安心を」

「聖……アリシアもずっと聖女の顔をしているのが疲れるだろ。俺がせめて少しの間だけでも息抜きをって頼んだんだ」

「ヨシュア様……はばかりも怖れぬそのお優しさ……このグラヌール、感激いたしました……誓います。このことは決して口外いたしません」

重い、重いぞ。グラヌール！

なるほどなあ。聖女をアリシアと名前で呼ぶまでは枢機卿《すうききょう》が許容していた。オラクルの屋敷の外じゃあ、そこまでが限界かもしれん。

あまりこういう表現は好きじゃないのだけど、連合国の重鎮たちは伝統を重んじる保守派と新しいことを積極的に取り入れる革新派、そしてオジュロのような謎思考の人もいる。

グラヌールは俺が頼んで貴族になってもらった秀才だ。彼は新しい政策を次から次へと形にしていった。言わば、革新派の急先鋒《きゅうせんぽう》。

そんな彼でもこの反応……アリシアの気が休まることがない理由を少しわかった気がする。

ローゼンハイムにいる誰《だれ》かに俺と同じように接することができればと前々から考えていたが、難しそうだ。

なら、尚更《なおさら》、少しの時間だけでもという気持ちになる。

「アリシア」

「名前を……っ。分かっております。船を降りたら、『わたくし』だけです」

窓を見つめたまま、瞬きするほどの間だけ本来の顔を見せたアリシアは聖女の仮面を被《かぶ》った。

「まあ、こんなもんじゃろ。社会の中にある者の中ではキミだけが異質なのじゃよ」

なんてカッコいいことをのたまうセコイアが、座席の上に立って「はやく双眼鏡を覗け」と手と目で訴えてくる。

分かってるって！　どれどれ……。

さりげなくアリシアが目線で場所を示してくれる。

「お、おおお。発着場なのかなあれ？」

皇女が訪問した後、いずれ飛行船が帝都に来ることを見越してわざわざ建築してくれたのだろうか。

形はオラクルの発着場にそっくりだけど、素材がコンクリートではなくレンガ敷きだ。

ローゼンハイムの発着場も見たんだっけ。帝都にある発着場はローゼンハイムのものにそっくりだ。

ん、そういや、皇女らは魔石機車も使わずに馬車でオラクルまで来たと聞いている。

オラクルにあった発着場を真似《まね》て既存の建築材で作ったら奇《く》しくもローゼンハイムのものと似通ったってところかな。

旧公国と帝国は文化の根が同じだし、建物も建材もよく似ている。

と考えると当然の帰結か。

「セコイア。ゆっくりと発着場へ着陸してもらえるか」

「ゆっくりとかの。随分とノンビリしているのじゃな」

「ゆっくりと、が肝要なんだ。城からよおく見えるように頼む」

「全く、社会とは面倒なものじゃな」

「頭を撫《な》でるから頑張ってくれ」

「仕方ないのお。ボクを安っぽい乙女じゃと思わぬことじゃ」

「ほいほい」

「ぬ、ぬうう」

乙女って誰がだよ、と突っ込みたくなったがグッと堪《こら》えて狐耳《きつね》と狐耳の間をなでなでする。

本来なら早馬を飛ばして、来訪することを告げたりなんてことをしたいのだけど、飛行船の速度にかなうはずもない。

更には先に向かった枢機卿らはまだ帝都に到着していない方が有力だ。

アリシアはローゼンハイムから魔石機車でオラクルまで移動した。魔石機車を使えばものの数時間で到着する。

一方で枢機卿らは馬だろうから、一日やそこらじゃ帝都まで辿《たど》り着《つ》かない。

そこで「ゆっくりと」なんだよ。

帝国は此度《このたび》の神託を知りはしないだろう。ひょっとしたら帝国にもいる預言のギフト持ちによって事態を把握しているかもしれないけど。

俺が来るかもしれないってことを露ほどにも考えていなければ、彼らに「見せる」必要があるからな。

幸い、皇女が飛行船を見ているから敵として認識されることはない。

◇◇◇

ゆっくりと着陸した甲斐《かい》があって、外には帝国騎士と兵士がズラッと整列していた。

横にセコイア、後ろにエリーとグラヌールの隊列で外へ出る。

「あ、あのお姿。ヨシュア様だ！　賢公様だ！」

「賢公様だって！」

誰かが俺の顔を知っていたらしい。その叫びをきっかけとして、飛行船見たさに集まった群衆だけじゃなく騎士や兵士まで騒然となった。

こうなればタラップのところで落ち着くまで待つしかない。

そうこうしているうちに兵士たちが横一列に整列し、中央を騎士たちが固めた。

そこへ、急ぎ駆け付けたらしき馬が間を割って入ってくる。

紋章からして高位の騎士っぽいな。副長くらいかもしれない。

馬を降りたガッチリとした騎士はその場でひざまずき頭を下げる。

「まさか、かの賢公様が直接お越しになるなど望外の喜びです」

「こちらこそ、突然の訪問に盛大な出迎え感謝します」

「申しおくれました。私は帝国騎士団、団長を務めますアントン・ヴォグダノでございます。以後お見知りおきを」

「こちらこそ。ヨシュアです」

挨拶《あいさつ》して早々次に船から顔を出したアリシアの姿を見たアントンは完全に固まってしまった。

そうだよな。俺はともかく、聖女が同乗しているなんて思わないよな。

筋骨隆々の四十歳前後の騎士団長アントンに導かれ馬車に乗る。俺と同乗するセコイア、エリー、グラヌールが後ろに続く。

扉口で白い歯以上に太陽の光を反射した光で頭をきらりんとさせた騎士団長は「失礼いたします」と断ってから敬礼をし、聖女の下へ向かう。

その背を見送りながら、あれこれ考えていたら馬車が動き出した。

「本来でしたら騎士団長がお相手するところ、申し訳ありません。私は副長のブレンダと申します」

馬を横に並べてきて挨拶をしてきた騎士は副長らしい。こちらはふさふさで髭《ひげ》ももさもさしている。

帝国騎士も相当面食らっているようだな。

通常、馬車に乗る前に挨拶をするところなのだろうけど、慌ててやって来た感じだ。護衛についてから気が付いたといったところだろう。

ローゼンハイムでこそ、パレードかと思われるほどの護衛付きで移動するなんてことがなくなったが、他国となればそうはいかない。

大量の護衛を引き連れて……という制度は俺が廃止したのだけどね。はは。

もちろん、他国の要人に対しては今の俺と同じように手厚く護衛団を付ける。

「何やら仰々しいのお」

「レーベンストックとホウライくらいでいいと思うんだけどな。前と後ろに一人か二人と左右に一人か二人で」

「そうじゃの。こうも集まっては周りが良く見えぬ」

「セコイアは帝都に来るのが初めてなのか？」

「どこの街だとかは余り覚えてないからのお。来た事があるかもしれぬ」

当たり前のように膝《ひざ》の上に座るセコイアがぼやく。そうだよなあ。確かに騎馬に周囲を固められると何も見えん。

正直、護衛は必要ない。ここにいる護衛全《すべ》てより頼りになる狐耳が密着しているからね。

グラヌールはセコイアが膝の上に乗っている状況を何度か見たことがあるので、特に動じた様子もなく、会談に思いを馳《は》せているのかじっと何かを考えているようだった。

もう一方のエリーは落ち着かない様子で膝の上に乗せた拳《こぶし》をぎゅっと握りしめている。

「エリー。俺もいるしセコイアもいる。いつもと変わらないさ」

緊張を解こうと軽い感じで声をかけたのだが、エリーはブルブルと首を振りうつむいてしまった。

「私が同席してもよろしかったのでしょうか」

「もちろんだよ。エリーは俺の護衛役で会議の席には同席してもらってたじゃないか」

「ですが……」

「変わらないさ。他国ということならレーベンストックでも、国内だとローゼンハイムだろうがオラクルはもちろん。同じことだよ」

「ヨシュア様は変わられないのですね」

「文化が同じ帝国だと、皇帝の紋章が入った馬車とかでもやっぱり気になる？」

「正直、そうです」

「そのうち慣れるさ」

彼女に向けて微笑むと、ようやく顔を上げてくれたエリーが作り笑いをする。

その調子、その調子。

伝統と格式のある帝国となると普段と心持ちが変わってしまうことは仕方ない。大きな国という意味では既にバーデンバルデンを経験しているじゃないか。

レーベンストックは文化が異なり、「格」というものも異なるから萎縮《いしゅく》するまではいかなかったんだろうな。

だけど、エリー。考えて欲しいんだ。

やり方は異なれど、帝国もレーベンストックも俺たちを「歓迎する」という心は同じ。だから、同じように接してくれればいいんだよ。

貴族の教育を受けたエリーにとって、なかなか難しい事だとは分かってるから無理にとは言わない。

飛行船を使うようになって少なくとも連合国ではグッと他国が近くなった。今後も一泊二日程度で他国訪問の機会が増えていくだろう。

そうだ。次にホウライを訪問する時には彼女も連れて行こう。

共和国にもそのうち行くだろうし、聖教国家の訪問の機会もある。数をこなせば慣れるさ。うんうん。

◇◇◇

帝都の街並みは特に特筆すべきことはない。ローゼンハイムの街並みと似たようなものだ。違いと言えば、帝都をグルリと取り囲む二重の城壁と、城を囲む堀に城壁かな。

そんなわけで、食いしん坊の涎《よだれ》狐がずっとつまらなそうにしている。急なお願いにもかかわらず飛行船を動かしてくれた彼女の機嫌を取るべくたまになでなでしていた。

皇帝の前でもな。さすがの俺でも聖教国の盟主の前で失礼極まりないと思ったのだが、ご機嫌斜めなセコイアが暴れでもしたら手を付けられない。

皇帝はできた人だから、柔らかに微笑《ほほえ》み「余も孫の前では似たようなものです」とか言ってくれたんだっけ。

それでだな。皇帝と会談を行ってこちらの事情を伝えるとすぐに大聖堂で改めて枢機卿《すうききょう》も交えてとなったんだ。

預言のギフト持ちの教会関係者は預言を受けてないみたいで、彼は寝耳に水という感じだったな。

それでも、事態が事態だけにすぐに動いてくれた。

「これは俺でもやり辛《づら》いわ……」

食事後に大聖堂で会談となっただけど、セコイアのご機嫌を取るために「露店で食事をとりたい」と申し出たら皇帝が快く許可してくれたんだよね。

彼は気さくで気遣いができるとてもいい人なのだけど、俺も一国の長……帝国式を適用するとこうなるわな……。

いい匂《にお》いに誘われて露店を回っている。しかしだな、俺たちを中心に二十メートル離れたところを騎士団が取り囲み、人を寄せ付けなくしているのだ。

露店の店主も笑顔が引きつっているしで、申し訳ない。

「まあ良いではないか。待たずともすぐに食せる」

肉串《ぐし》と焼きリンゴという謎の組み合わせを交互に食べるセコイアはご満悦の様子。

ま、まあいいか。彼女が満足してくれているなら。

「そのリンゴ、美味《おい》しそうだな。エリーも食べる？」

「は、はい。頂きます」

「グラヌールも何か食べてくれよ」

「そうですね。帝国産のチーズは絶品と聞きます。ヨシュア様、こちらのブレッドも美味しそうではありませんか？」

「お、俺も食べる。エリーも食べる？」

「は、はい。頂きます」

残された俺たちは、何のかんので食事を楽しんだのだった。

こら、セコイア。俺のブレッドを取るんじゃねえ。


左隣に某有名RPGで出てくるような王様に似た風貌《ふうぼう》の皇帝。対面ではアリシアと帝国の枢機卿が席についている。帝国にはもう一人枢機卿がいるのだけど、帝都にはいない。聖教は広大な帝国を二つの管轄区域に分けていて、もう一人の枢機卿は別の都市を拠点としているからだ。

他には俺の膝の上にセコイア。右隣がグラヌールで後ろにエリーが控えている。帝国側も着席しているのは文官と武官がそれぞれ一人かな。聖教はアリシアと枢機卿だけ。

あとはエリーのように着席せず控えている人が何名かといったところ。

「聖女様より委細お聞きいたしました。連合国の枢機卿もこちらに向かっているとのこと」

口火を切ったのは帝国の枢機卿だった。

帝国と連合国の枢機卿は二人ともよく似ている。ひょっとしたら双子なのか？　と言うほどに。恰幅《かっぷく》の良さと優しげな垂れ目が特徴だ。

本来の人の良さが外に出たかのような、そんな姿をしている。俺には慈愛に満ちた彼の微笑みを生涯醸し出せることはないだろう。は、はは。

分かってる。認めたくないけど、俺は社畜根性が体の隅々にまで染みついているのさ。

いつかそいつを洗い流したいという野望を胸に秘めて。

「連合国の枢機卿をお待ちすべきところ、急な会談の開催、恐れ入る」

皇帝が長い髭を揺らし、片手を上げた。

すると後ろに控えていた輝ける騎士団長が髪の……じゃない紙を貼り付けた移動式のボードを引っ張ってくる。

そこにはこれまでの慣習と問題点がまとめられた文言と簡易的な地図が描かれていた。

準備が早い。俺たちが露店で食事をとっている間にやってくれたのだと思う。

急ぎ描いたのだろうけど、一通り必要事項が書かれているようで頭が下がる。裏で仕事をした官吏。君をゲットしたい。

俺が不遜《ふそん》な野望を燃やそうとしている中、今度はアリシアが神託の内容をそらんじていた。

ここでグラヌールから目配せが。

「今度はあなたが発言しろ」ということだよな。分かってるさ。

会議慣れだけはしているからな。つまらない事を考えていたとしても、会議の機微は任せろ。

「陛下。資料のご準備ありがとうございます。読み上げる形になり恐縮ですが、早急に議論したい件は新聖女の教育。体一つで二人の新聖女を見るなどできようはずがありません」

至極当然のことであるが、認識合わせというものは肝要である。

同じ方向を向いていると思っていて、自分だけがズレているということはままあることだ。

皇帝、枢機卿を始め着席した面々が頷《うなず》くのが確認できた。

ん、このまま俺にリードしてくれってことか。この「どうぞ、どうぞ」な圧。

帝国が資料を準備してくれたのだから、お返しの意味を込めてこのまま俺が進めるとするか。

「新聖女が二人とは前代未聞の出来事です。一方は帝国領のどこか。もう一方は恐らく連合国の辺境地域だろうと予想されます」

立ち上がり、用意してくれたボードに描かれた地図に指を当てる。

帝国領からオラクルまで指でなぞり、前を向く。

「慣例に従い新聖女がそれぞれの地に住まうとなると、距離があり過ぎます。現聖女が移動するとなれば、十分な教育をうけることができなくなるのではないか。とはいえ、脈々と受け継がれてきた伝統を破っていいものか。新聖女が誕生する前に議論を交わしたい。それが、今回帝国を訪れた理由です」

「由々しき問題ですな」

一言返し、腕を組んで黙り込む皇帝。枢機卿も彼と似たようなもので、アリシアだけが聖女の微笑みを湛《たた》え凛《りん》と佇《たたず》んでいる。

彼女とて内心思うところがあるだろうが、聖女としての務めを果たそうと仮面を貼り付けているのだ。

聖女は意見しない。只《ただ》、神の御心《みこころ》のままにってな。

俗世を交えた決め事は枢機卿や皇帝の役目だ。連合国でも新聖女誕生が予見されているので、俺も関わらなきゃならない。

とまあ、全員が予想通りの反応である。

オラクル出立前にアリシアと三つの方針を語った。

一に慣例通り新聖女はそれぞれの地に住まい、現聖女が移動する。二にどちらかの出身地にまとめる。三に第三国で教育を始める。

周囲がみんな名誉ではなく合理性を重視する人たちだったら迷わず「二のどちらかの出身地にまとめる」だ。

経済的な面と名誉的な面、更には領民の満足度の点でも新聖女を招き入れた時の効果は計り知れない。彼女にかかる経費なんて微々たるものと思えるほどに。

なので、第三国になんてものは無しだ。現聖女が移動するのももってのほか。肝心の新聖女の教育がおろそかになっては、手段と目的が逆転してしまう。

残すは自国が譲るか引き取るかの議論になるのだが、現実はそうもいかない。

聖教発祥の地であり最も古き国家である帝国ともなると、伝統の重みが違う。脈々と受け継がれてきた代々の聖女が彼らを真剣に悩ませる。

そうだな。ここは口火を切ってみるか。このまま固まっていても何も進まない。

「陛下。連合国は帝国に新聖女を委ねてはどうかと考えております」

「……な……大公は慣例を破り、新聖女の名誉もかなぐり捨てる、というのか……」

絶句する皇帝に対し、柔らかに微笑みかける。

俺の発言にはグラヌールも口を開いたまま声が出ない様子。セコイア？　彼女は満腹になってうつらうつらしているよ。

いきなり切り込んだわけだが、正直なところ帝国側に新聖女を委ねるというのが現実的な落としどころじゃないかと考えている。

嫌らしい表現をすると、新聖女という降ってわいた幸運を自分からあっさり手放すのは損失が大きい。

それでも帝国に譲った方が今後の為《ため》になる。

切羽詰まった結果とはいえ辺境で開発を推し進めた。今後も更なる魔法と科学の融合が進んで行く。

これらがもたらす経済的利益は計り知れない。これまでの経済が何だったのかというほどに。魔法鉱石一つをとってみても、数十年後には今とはまるで異なる価値になっているはず。

連合国発のこれらの技術革新の結果もたらされる発展が他国との軋轢《あつれき》に繋《つな》がるかもしれない。

だからこそ、帝国には今よりもっと繁栄して欲しいのだ。

聖女がもたらす経済的利益は大きい。しかし、科学と魔法の融合がもたらす利益に比べれば吹けば飛ぶくらいのものになる。

譲ることでより良い関係性を築けるのなら安いものだろ？

決して新聖女の教育まで加わると益々忙しくなるなんて浅はかなことを考えちゃあいないぜ。ごめん、ほんの僅《わず》かだけ考えた。

最も早く再起動したのは枢機卿だった。彼は真っ直《まっす》ぐ俺を見つめ口を開く。

「ヨシュア様。帝国に譲ったその精神、感服いたしました。ですが、これではあまりに」

「慣例が、ですか？」

「慣例に関してはこれまでに例のないことですので、新聖女が二人の場合の対応について枢機卿と高位司祭で案を出し、聖教国家の元首の方々に同意を求めるのが現実的な路線かと」

「なるほど。素晴らしい案ですね！　現実問題、どちらかの国で新聖女の教育を行うか、それが火種になる可能性があるのなら第三国で、でしょうか」

「はい。その後のことも考慮せねばなりません。新聖女様の教育が完了した後にどの教会で祈りを捧《ささ》げて頂くか」

「なるほど……」

そうか。確かに枢機卿の言う事は一理ある。

俺は帝国に新聖女を任せてしまえば、教育後もそのまま帝国に二人の聖女を住まわせればいいと考えていた。

今回はそれでいい。だけど、再び世に聖女が二人現れたらどうだ？　その時の国の情勢なんて想像もつかない。今は各国ともに良好な関係であるが、未来もそうとは限らないんだよな。

その時に第三国で教育を行う、となったら教育後にどこの教会で住むかは大きな問題になる。

新しい規約を決めるとはこういったことなんだ。今だけ「良い」では困る。う、うーん。

前例がないものについては新しい規約を作る。

この言葉は皇帝にいたく響いたようで、伝統を重んじる帝国にとって福音となったようだった。

枢機卿も自ら提案した手前、「新しい規約」については乗り気でとんとん拍子で話が進む。

「順序を決めてはいかがでしょうか？」

「そうですな。規約というものは長く続けば続くほど、『何故《なぜ》』の部分が薄れて参ります。規約を作る重責を体験し初めてこのことに気づかされましたな」

俺の提案に対し即答した皇帝がテーブルの上に両手を置き「ふう」と息を吐く。

当たり前の話だけど、規約……つまりルールというものはそれなりの理由があって作られている。

道路に信号があるのも、車と歩行者がスムーズに移動できるようにするため。信号が無かったら交差点は危険極まりない。

真っ直ぐ進む車同士がぶつかっちゃうし、歩行者も飛び込んでくる……とんでもないことになるよな。

同じように聖女にまつわる規約も作られた当時、それなりに意味があってできた決まり事なんだ。

今も尚《なお》、問題なく運用できているということは今も昔も「理由」がそれほど変わっていないということだな。

聖女とは聖教の中で最上位に位置する。聖教国家の領民から慕われ、君主であっても敬意を払う。

もし聖女が一国の言いなりとなり、恣意的《しいてき》な発言をしたらどうなるか？

下手《へた》したら国同士の戦争にまで発展し、聖女に対する信用・信仰が揺らぐだろう。そうなればもう聖女という制度を維持することができなくなる。

じゃあ、俺を追放したのは何だったんだってことだけど、あの場は聖女が告げるしかなかった。

俺が君主であり、俺より高い地位にあるものが俗世にいない。

ならば神託を受けた聖女が直接告げる以外にない。

とまあこんな感じに聖女と俗世の関わりは舵取《かじと》りが難しいものなんだ。

「その時の時勢にあった選択が取れるように、ということですね」

「はい。おっしゃる通りです」

「ヨシュア様の頭の中では既に案が整っているようですね」

「これまで出た意見をまとめているだけですが……」

枢機卿《すうききょう》の言葉にそう前置きしてから続ける。

結局のところ、元々俺が最初に発言した内容をなぞるだけなのだけど。

「最初に新聖女の数を確認します。新聖女が一人ならばこれまで通り、彼女の出身地で教育を行うこととし現聖女は新聖女の下へ移動します」

二人が頷くのを待って、本題に入る。

「二人の場合は同国出身かどうかを確認し、同国の場合は該当国の枢機卿と君主が協議。異国の場合は当事国の君主と枢機卿で協議し、決まらぬ場合は争い無きよう第三国で教育を行う」

「教育を行った国で二人の新聖女は祭事を行う、でよろしかったですかな」

「はい。おっしゃる通りです。現実問題、距離が離れている国同士で行き来することは祭事に支障が起きます。また、今後のことになりますが、三人以上の場合も二人の時と同じ段階を経ることとする、でよろしいでしょうか」

「同意します。枢機卿もいかがですかな？」

皇帝に話を振られた枢機卿はゆっくりと頷き同意した。

「我々三人で協議した意見の結果を聖教国、そして全枢機卿に伝達します。賛同を得ることができましたら、この案を今後の規約とするよう取り計らいます」

「伝達が大変かと思いますが、よろしくお願いします」

君主も枢機卿も距離がある場所にいるからなぁ。帝国なら飛竜があるので、飛行船ほどではないにしろそれなりの日数で全員に伝わるだろ。

さて、ここからが本題だ。

「今決めた案が採用となった場合のことも、これから決めておきたいのですがよろしいでしょうか？」

「そうですな。神託が下ったとなれば、明日にでも新聖女が誕生してもおかしくはない。大公は帝国に新聖女を集める、という意見でしたな」

「はい。そのように取り計らって頂けますと」

「大公は欲が無さ過ぎるきらいがありますからな。七日だけ待ってくれませんか。おっと、飛竜を貴国へ送る日数を考え、八日待って頂けますかな？」

「はい。国内の調整もありますから。連合国は私の一存で決定で問題ありません」

「さすが賢公は違う。国をこれほどまでに掌握し、慕われている。余もそうありたいですな」

何度も何度も顔を突き合わせて決めていては、時間がかかって仕方ない。お互いに多忙な身だし、せっかく集まったのだからこの場で決めておきたい。

そこは皇帝も同じ気持ちだったみたいでよかったよ。

こちらの腹は決まっている。偉そうに「俺の決定が国の決定だ」と言ったが、帝国との関係性を鑑みるに大臣たち、領民も納得してくれると確信していたから。

それで、偉そうなことを言ったんだよ。

帝国は元老院議会なんてものもあったりして、最終決定権は皇帝にあるものの意見を通すには一応議会を通す必要がある。

そこは絶対君主制の連合国との違いだな。

共和国の元老院と違って帝国の元老院議会は皇帝が強い権限を持っているが、それでも議題はあげなきゃならない。

◇◇◇

「ふう、終わった、終わった。グラヌール。同席ありがとうな」

「いえ、ヨシュア様の交渉術を間近で拝見させていただき光栄の極みでございます」

「大したことを決めたわけじゃないさ。今回はスピード感が大事だと思って。それで困ったことがあっても対応できるようにと思って、グラヌールにも来てもらったんだよ」

「ヨシュア様を手本に……と申すのはおこがましいことでございますが、精進いたします」

大聖堂を辞しグラヌールを労《ねぎら》っていたら、逆に褒めちぎられ微妙な気持ちになった。

新聖女が二人誕生した後に「どうするんだ」となってから協議するということをしたくなかったんだ。要らぬ混乱を招くし、何よりそれぞれの街に住む領民が「自分の街で！」と希望するだろう。そうなってからでは新聖女を取られたと思う領民も出てくる。変な禍根を残したくないのだよね。

だからいつ誕生するか分からぬ新聖女が現れる前に協議しておきたかった。

八日後に決定となったわけだけど、その程度の日数ならどうとでもなる。布告の準備をしているとでも言っておけば何とかなるだろ。

「グラヌールはこの後どうする？　アリシアが戻るまで待たなくてもいいよ」

「お気遣いに甘えさせて頂きます。商会組合に顔を出して参ります」

「そのことじゃがヨシュア」

大聖堂にはアリシアが残っている。彼女は聖女の務めである祈りを捧げている最中だ。祈りの時間が終わってから彼女と合流する手筈《てはず》だ。

聖女の祈りってちょっとばかし時間がかかるから、せっかく帝都に来たことだしグラヌールをこのまま遊ばせておくのもと思ってさ。

したらセコイアから待ったがかかる。

「ん、この後は一応自由時間で明日の朝に帰還くらいで考えていたけど」

「ボクの魔力のことを心配しておるのか？」

「一人で飛行船を動かしてくれているんだ。十分な休息を取ってもらわないと」

「問題ない。飛行船で少し寝る。そうじゃな。夕飯を持って飛行船に参るがよい」

さすが大魔法使い。ちょいと寝るだけでいいとは。

彼女の好みそうな食事を持って飛行船に戻ることにしようか。

話がまとまったところで、アリシアお付きのシスターに今晩帝都を発《た》つことを言伝《ことづて》してもらうことにした。先にセコイアへ確認しとくんだったなあ。

まさか、一日で往復できるなんて思ってもみなかったから。

帝国に向かっている枢機卿は皇帝と帝国の枢機卿に加え、今しばらく帝都に残るアリシアと協議してもらう予定だ。

帝国の枢機卿と聖女、そして皇帝と意見が一致しているので、俺がいたところで決め事の内容が変わらないと判断した。

そんなわけで、アリシアに協議をお願いすると共に一足先にオラクルへ帰る挨拶《あいさつ》をして抜け出したのである。


「何だか久しぶりに二人だな」

「セコイア様がいなくとも、私がしっかりヨシュア様をお護《まも》りいたします！」

グラヌールとセコイアが去った後、残ったのは俺とエリーだけとなっていた。

オラクルにいる時は今でも彼女とアルルが交代で俺の護衛を務めてくれている。政務に追われて外出しない日も増えてきた。

こうして彼女と視察以外で出歩くことなんていつ以来だろうか。休みの日にゆっくりと出歩くよりも寝ることを選んでいたよな、最近……。

もうすぐ、もうすぐだ。ここ半年でオラクルの文官を拡充した。みんな仕事にも慣れてきて街の管理を丸投げできるようになってきたのだ。

といっても大きな決め事は相変わらずシャルロッテから俺に回って来る。街の運営までやっていたら連合国としての政務までやってらんないんだよなあ。

聖教国家最大規模の大聖堂を見上げ、日ごろのうっぷんも忘れ息を飲む。

鉄筋コンクリートも使わず、これだけ背の高い建物を建築するには相当な労力がかかっただろうな。尖塔《せんとう》だけじゃなく、壁に施された意匠も素晴らしい。

一流の彫刻家が腕によりをかけたのだろう。芸術のことはとんと分からないけど、そんな俺でも胸に来るものがあった。

「行こうか」

「はい！」

「エリーはどこか行きたいところがある？」

「私はヨシュア様のお供ができればどこでも構いません！」

殊勝なことを言ってくれたエリーは満面の笑みを浮かべ、両手を胸の前で合わせる。

ま、まあ。彼女も気を遣うか。

歩き始めたはいいが、やはり騎士たちが遠巻きに俺たちを見守っている。遠巻きといっても二十メートルくらいしか離れておらず、周囲をグルリと囲むように立っているからなあ。

皇帝の計らいを無下にするわけにもいかないし、これは我慢するしかない。

「そうだ。エリー。服を買おう」

「ヨシュア様のお召し物……ごくり」

取り巻きの騎士に商店街までの道を尋ねたら先導してくれると申し出てくれた。

自由行動しても彼らはついてくるのだし、それなら道案内をしてもらった方が有益だ。時間も限られていることだしさ。

「お。おお。この店なんかいいんじゃないか」

「ヨシュア様。このお店は」

柔らかに微笑《ほほえ》み、エリーの手を取る。

彼女は「お、お手が」とか戸惑った声を出していたが、気にせず「さあ」と彼女の手を引っ張り店の中へ。

俺とエリーが入店すると店内が騒然としてしまう。騎士団のうち何人かも入ってきているし、そら騒ぎになるよね。

正直、すまんかったと頭の中で「ごめんね」をする間もなく、店主らしき人が慌てて入口までやってくる。

「大公様！　まさか、大公様が当店を訪れてくださるなど、望外の喜びでございます！」

「突然の来店、驚かせてしまい申し訳ありません。彼女の服を見たくて」

「お連れのお嬢様のお召し物でございますか！　ドレスでよろしかったですか」

「いいえ。動きやすい服装を、と考えております」

そうなんだ。訪れたお店は婦人服専門店。

異国の街を出歩くというのにエリーがメイド姿だとあんまりなんじゃないかと思ったんだ。

彼女とこうしてショッピングをと前々から考えていて、早数年が経過しちゃった。ローゼンハイムにいた頃《ころ》に二回ほどアルルも連れて来て以来だ。

カフェで休日を過ごしたり、なんてこともいずれはやってみたい。彼女が嫌がらなければ、だけど。

休みの日まで主人と一緒なんて気が滅入るかもなあ。自分の立場で考えてみたら、上司とせっかくの休日にカフェで喋《しゃべ》る……絶対にお断りだ。

やはり控えた方がいいのかもしれない。ペンギンとなら許されるか。

「エリー。勝手に動きやすい服とか言っちゃったけど、よかったかな……」

「私の服を、ですか？」

「せっかくの帝都だし。着替える暇もなく屋敷から出てきちゃっただろ。せめて、散策の間だけでもって」

「そんな。ヨシュア様もいつものお召し物ではないですか」

「俺の服は外行き用だから。エリーは屋敷の中か街へ食材を買いに行く時の恰好《かっこう》だろ？」

「メイド服はどこへ行っても問題ありません」

「確かに。会談の場でも問題ない服装だよな……」

「はい。メイド服は万能なのです」

「余計なことをしちゃったかも」

「そのようなことはありません！　ヨシュア様のお気遣いにいたく感動いたしました」

「え、ええと。そうだな……俺がいつもと違うエリーの姿を見たい。だから、ここで選んだ服に着替えてくれないかな」

「よ、よちゅあ様。わ、私の姿を……」

「無理にとは……」

「是非ともお願いいたします！」

「お、おう」

余りの勢いに思わず体をのけぞらせてしまった。

街を歩いていても溶け込めるように、なんてことを考慮する必要はない。いっそドレスで着飾ってもなんてことを考えはしたが、エリーの好みじゃないだろうな。

彼女もアルルも一応ドレスを持っている。だけど、着ているところを見たことが無い。

前世では貴族令嬢といえばドレスってイメージで、女の子の憧《あこが》れなんだと思ってた。

だけど、そうでもないいんだよね。シャルロッテはれっきとした伯爵令嬢なわけだけど、彼女がドレスを着ている姿なんぞ見たことが無い。

パーティの席でも彼女は鎧姿《よろい》だし。それを咎《とが》める人もいないし、むしろ貴族の殿方たちから人気だったとも聞く。

幼い女の子が憧れる衣装はドレスだけってこともなく、貴族令嬢でも自分の好むお召し物を身にまとう。公国はそんな社交界だった。

「エリーはどんなのがいいのかな。こういうスカートはどう?」

「わ、私はヨシュア様が選んでくださるのでしたら、どのようなものでも!」

「俺は服とか無頓着《むとんちゃく》だからなあ。婦人用なんて更に分からん」

「きゃ、ヨシュア様」

「あ、悪い。気に入らなかったか」

「そのようなことはありません! 決して!」

スカートを彼女の腰に合わせたのがまずかったか……。彼女に触れないようにした方が良さそうだ。

嫌がっているような気がする。肩を震わせたり、拳《こぶし》を握りしめたりしているもの。

おや、こんなところに日本の高校生風のブレザーが。帝国の学校で使われている制服なのだろうか。

「お目が高い。フリーデグント様がお召しになるようになり、帝都では人気急上昇中なお召し物です」

「フリーデグント様……あ、思い出した」

「素敵な衣装ですね。動きやすそうですし、可愛《かわい》いです」

そうだった。第二皇女フリーデグントの服装にそっくりだ。

オラクルで彼女に会った時、どこの委員長だよなんて思ったものだっけ。

エリーも気に入ったようだし、高校生風の制服からチョイスするか。

彼女ならどんな色合いがいいかなー。

あれこれ悩んだ結果、カーキ色のブレザーに白のブラウス。青のネクタイとスカートを黒とこげ茶色のチェックというものにした。

スカートの丈が短いような気がするのだけど、どれもこれも短くて……致し方ない。

エリーのイメージはロングスカートなんだよなあ。

「どうでしょうか」

「いいんじゃないかな！　可愛いと思う」

「か、可愛いなど……！」

「え、エリー。壁を掴《つか》むのはやめよう、な」

「は、はいい。失礼いたしました」

壁の修理代も渡しておかなきゃな……。

支払いをしようとしたら、騎士が先んじて支払いを済ませてしまっていたじゃあないか。

彼から皇帝のおごりにしてくれと頼まれ、ありがたく受け入れることにしたのだった。

壁の修理代まで負担してもらい、恐縮しきりだ。壁が壊れた理由も伝わっている……よな。

俺はそっと騎士に耳打ちし、原因をぼかしてもらうようにお願いした。彼がカクカクと首を振っていたのが印象的である。

エリー本人の気質は見ての通り、穏やかでお嬢様って感じのおしとやかな女子なんだ。ちょっとばかし力が強いだけで。

彼女もちょっとばかし力が強いことを恥ずかしがっていたりするのだけど、時に俺を抱えて川を飛び越えたりと大胆な行動をする。

俺を想《おも》って、自分の羞恥心《しゅうちしん》をあっさりかなぐり捨てる彼女の在り方には賞賛を禁じ得ない。他人のためなら忌避することであっても迷わず動くことができるなんて、なかなかできることじゃないもんな。

「エリー。そこに立ってもらえる?」

「はい」

街路樹の下に女子高校生風制服を着た黒髪ロングの少女。うん、絵になるねえ。

地球の人類と違ってこの世界の人たちは色々な髪色を持つ。黒髪はそう珍しい色ではない。

一番多いのが明るい茶色。次が俺と似たような髪色であるこげ茶色で、その次が黒かな。金髪も結構多いと思う。

赤毛は金髪より少ないので、街を歩いているとチラホラ見かける程度。

俺の周りにいる人たちはだいたいこの辺りの髪色だろ? 白髪《しらが》は加齢によるものだな。ルンベルクとかリッチモンドとかは元々茶色ぽい髪色だったそうだ。

これ以外となると人間ではなかなかにレアカラーになる。青とかオレンジとか数え上げるときりがない。

他種族だったらメジャーな髪色も変わる。エイルらアールヴ族は大半がエメラルドグリーンだし、エルフにもグリーン系は多い。

セコイアみたいなピンク色は極々稀《まれ》にしか見ない（人間や獣人なら）。

話が横に逸《そ》れてしまったが、制服に黒髪ロングは良い物だ。

風に吹かれて長い髪の毛が揺れるのもまたいい。エリーに限ってはスカートがまくれるハプニングもないから、安心して見ていられる。

じっと見ていたら、エリーが耳まで真っ赤《まっか》になってしまったのでこの辺りで打ち切ることにした。

突然、モデルのように立たされてじろじろ見られたら、そら赤くもなるよな。

「ごめん。つい、絵になるなあって」

「いえ！　ヨシュア様にそう言って頂けるとは望外の喜びです！」

エリーの佇《たたず》まいに頰《ほお》を緩めていたのは俺だけじゃないはず。騎士たちもきっと彼女の制服姿に和んでいるに違いない。

……ともかく、懐中時計を取り出し時間を確認する。

まだ、あと数時間はいけそうだな。これだけ時間があれば、帝都に来たらやっておきたかったことトップができそうだ。

いざ、状況開始である。行くであります。

シャルロッテみたいだからやめとこう。このノリ。

「エリー。一か所付き合って欲しいところがあるんだ。二か所になるかも」

そう言いつつも騎士に道を尋ねる俺であった。

◇◇◇

ここが噂《うわさ》の帝国図書館か！

「ほええ」

余りの巨大さに変な声が出てしまった。

中央が広場になっていて、四つの正方形の建物がそれを取り囲む。建物は外観が統一されていて、意匠を凝らした中央が太い柱が四隅に支柱として立ち、漆喰《しっくい》で固めた純白に色ガラスとレンガで模様が付けられている。

建物自体にお金がかかっていることは明白であるが、建物の中に置かれているものに比べれば大したものではない。俺個人の意見としては、という注釈がつくけどね。

「エリー。すごいな！　さすが世界最大と言われているだけある！」

「ヨシュア様らしいです。これほどの図書館があったのですね」

「一度来てみたかったんだ。前回帝都に来た時は訪問する暇もなかったからね。噂だけ聞いていていつか行きたいと思ってて」

「真っ先に図書館へご訪問されればよろしかったところ……エリーの服を」

感激で目に涙をためているエリーを「同じくらい行きたかったところなんだって」となだめ、広場にある案内図に目を通す。

取って付けた言葉ってわけじゃないぞ。彼女の服を選ぶ、ということも公国時代からやってみたかったことだからな。

オラクルも商店街が充実してきていて、服飾店もあるにはある。

でもさ、こんな経験はないか？

自分の住んでいる地域の観光地やお店があったとして、いつでも行けるからって結局ずっと行かずじまい。

俺は結構あったんだよね。死ぬまで行けずじまいだったよ。だから、異国に来た時こそやっておくべきと思ったんだよ。

女子高校生風制服なんてものは帝都でしか売ってないだろ。エリーが制服姿でオラクルを歩いていたら、辺境でも流行《はや》るかもしれん。

「ええと、右下の建物か。書写を頼めればいいんだけど……行ってみなきゃわからないな」

「それで二か所になるかも、とおっしゃったのですね」

「うん。図書館は書物の保管庫だから本を持って帰ることはできないと思って。だけど、一番品ぞろえがいいからまずはと思ってさ」

「書店でも販売していたらすぐに持ち帰ることができますね」

ウキウキしながら右下の建物へ……うわあ。司書さんがズラッと並んでお出迎えしてくれた。

司書の列からぴょこっと顔だけを出した金髪ツインテールの幼い女の子。どっかで見たことあるような。

「ヨシュア様！　本当に来たー！」

「あ！　リリー」

「うん。リリーだよー。覚えていてくれたんだ」

「図書館で会うなんて奇遇だな」

「えへー。お勉強だったの。でも、ヨシュア様と会えたから、お勉強も悪くないかなー」

「邪魔しちゃったかな」

「ううんー！　どんな本を探しているの？　リリーが案内してあげる！」

「いいのか？　じゃあ、お言葉に甘えて」

ぴょこぴょこ動くツインテールを見て思い出した。天真爛漫《てんしんらんまん》な幼い女の子。見た目だけならセコイアと同じくらいかな。

確かまだお作法はお勉強中とか姉である第二皇女フリーデグントが言っていた。

そんな彼女だが、これでも第四皇女とれっきとした皇族なのである。

黒っぽい裾《すそ》の短いドレスに太ももまである白いハイソックスと、貴族らしくない服装をしていた。

フリーデグントといい皇女はある意味流行の最先端をいっているのかもしれない。

俺の手を引く彼女がきらりと目を輝かせてとんでもない爆弾を落として来た。

「ヨシュア様あ。そちらの令嬢様はヨシュア様の婚約者さん？」

「ちょ。違う、違う。エリーに失礼だぞ。紹介が遅れたな。こちらはエリー」

「エ、エリーゼです。エリーとお呼びください」

「エリーね！　わたしはリリー。リリーゼグントよ」

ま、全く。ヒヤヒヤしたぜ。

幸いエリーは壁に手をついていたりしていなかったから、建物に被害はない。

「婚約者さんじゃなかったら、あ、えーと、あい、愛人？」

「違うわ！　そこから離れろお」

「きゃー。ヨシュア様あ。こわあい」

「喜んでるじゃないかよ。魔道具関連の本を探しているんだ」

「はあい。こっちよー」

やれやれ……。この子、本当に皇女なのか？

セコイアの弟子とかじゃないだろうな。キャラが似ているような気がしなくもない。

図書館で書物を購入……は難しかったのだけど写本があるものは貸し出してもらえることになった。

正直、俺の地位が故の貸し出しである。気が引けたけど、使えるものは使うのだ。こいつは俺のためではない、今後の技術革新のアイデアに使わせてもらうとしよう。

オラクルで写本してもらって、借り受けた本は全《すべ》て返却することで話が付いた。

なら、片っ端からということで、写本があるものをとリリーがどんどん俺に手渡して来る。

「これも、これも大丈夫みたいだよー」

「お、おう……いいのか、こんなに」

「うんうんー。これもいいってえ」

「うお。おお！」

「ヨシュア様！」

エリーに背中から支えられ、危うく落としそうになった本をなんとか維持した。

積み上げるとバランスが崩れてダメだな。まさかこんな量になるとは……。写本があるものなんてそう多くないと思ってたのに。

写本には二種類あって、一つは図書館に並ぶ原本から書き写されたもの。もう一つは、その書き写されたものを基にさらに書き写したもの。

どちらも写本ではあるけど、ややこしいから俺は便宜上、図書館に並んでいる本の他にもう一冊書き写されたものがある本を「写本」と呼ぶことにしている。

ちなみに、肝心の原本は傷まないように暗く湿気の少ない場所で保管されているらしい。

「木箱みたいなものってあるかな？」

「うんー。持ってきてー」

すぐさまやたら恰幅《かっぷく》のよい司書二人が大きな木箱を抱えてどすんと床に置く。

いくら何でも大き過ぎないかこれ……中に本が入るんだろ。引っ越し用の段ボール箱六つ分くらいの体積がありそう。

木箱だけでも結構な重さがあるようで、司書二人がふうと汗を拭《ぬぐ》っているほど。

ま、まあ。せっかくだから本を入れるとするか。

エリーにも手伝ってもらって木箱の中に綺麗《きれい》に本を並べる。

「はいー。これも」

「お、おう」

あっという間に木箱その二とその三が追加され、どれも本で満杯になった。

それをひょいひょいと積み上げたのはもちろんエリーである。

あちゃあ。こうなる前に声をかけておかなきゃならなかったのに。本をさばくのに必死で抜けてた。

「馬《ば》……むぐう」

「何も言うな、何も言うんじゃないぞ」

賢い俺はこうなることを予想し迅雷のごとくリリーの口を塞《ふさ》ぐ。

司書だけじゃなく騎士までも苦も無く積み重ねた三箱を軽々と持ち上げたエリーを凝視している。

よ、よおし。かくなるうえは平静を装って、このまま入口まで行くのだ。

「エリー。手伝おうか」

「問題ありません。ヨシュア様が上に乗られても平気なくらいです」

これ！　どう返せばいいんだよ！

俺は結構重いと判断すりゃいいのか、俺より木箱一箱の方が遥《はる》かに重いぞ。

「あ、あー、その、なんだ。本を傷付けないように気を付けてくれよ」

「もちろんです！　しかと運ばせて頂きます！」

「入口まででいいからね」

「飛行船まででも平気です」

知ってる。知ってるけど、街中で木箱を運ぶ姿を見せ付けちゃったら瞬く間に噂《うわさ》になるってものよ。自然に彼女を説得するには……。お、そうだ。

「ほら、エリー。中はまあ、外から入ってくる人もいないからいいとして、エリーの役目は護衛じゃないか」

「……！　そうでした！　ヨシュア様を御護《おまも》りするのがエリーの役目」

「落とす、落とすうう！」

「大丈夫です。下を支えれば片手でも。歩くと不安定になっちゃいますけど」

にこやかに微笑《ほほえ》まれましても……。

そんな彼女に気が付かれないように騎士と司書に目くばせする。「分かってるな」とばかりに。

彼らは察してくれたようで、彼女に見えないように頷《うなず》いたり、拳《こぶし》を握ってみせたりしてくれた。

「綺麗な人なのに護衛さんだったのね」

「そ、そうだな。うん」

「重くないのかな。エリーさん」

「全然大丈夫です！　ヨシュア様のご負担を少しでも減らすことがエリーの喜びです」

リリーよ。今のはかなりの危険球だぞ。どこかで彼女に事情を説明したいところだけど、生憎《あいにく》、木箱を抱えたエリーを放置しておくわけにはいかない。

俺が目を光らせておかねば、どのような怪力ハプニングが起きるやら。

おっと、ちょっとばかし力が強いだけだったわ。

「いいなー。わたしの護衛さんもエリーさんみたいな人がいいー」

「帝国騎士か宮廷魔術師辺りに女性もいるんじゃないのか？」

「いるとは思うけど、なかなかねー。第四皇女のお守をしても出世しないじゃない」

「世知辛いな……」

うちは優秀な護衛が沢山いるのだ。ハウスキーパーの四人は言わずもがな。他にも衛兵やら騎士やら沢山いる。

俺から見ると腕の差なんて分からん。女騎士は少なかった記憶だけど、魔術師ならそれなりにいたんじゃないかな。

我が手元には世界最高峰の涎《よだれ》を誇る……違う。魔術を使う狐《きつね》がいるから、魔術師に関しては他に必要ない。

「その顔。ヨシュア様のところにはたくさん護衛さんがいるのね」

「ま、まあ。それなりにいるな」

「可愛《かわい》い子も沢山いるでしょー。ヨシュア様のところなら」

「俺を何だと思ってんだ。変わり種もいるかな」

「えー。見たいー。次にオラクルに行った時に紹介してね」

「うん。肉を持っていけば喜んでくれる」

「どんな子なんだろ……」

喋《しゃべ》る言葉の大半が「ニクニク」という爬虫類《はちゅうるい》だよ。帝国では飛竜が親しまれているし、ゲラ＝ラならリリーも案外気に入ってくれるんじゃないってね。

シャルロッテが大のお気に入りらしいし、案外、あのような爬虫類は需要がありそうだ。

「ペット兼護衛みたいな？」

「ペット……？　ペットが護衛をできるの？」

「できるらしい。一応喋るし、大魔術師様のお墨付きだぞ」

「そんな子がいるんだ。すぐにでもオラクルに行きたくなってきちゃった。うー」

「まあ、来た時にな！　写本のこと、ありがとう。まさかこんなに沢山借りることができるなんて」

「賢公様に読んでもらえるんだもん。作者さんも誇りに思ってくれるよ」

「あ、う、うん」

賢者ってのは間違いない。曖昧《あいまい》に頷いておくとしよう。

俺も読書する時間が欲しい。ハンモックに寝そべりながらタピオカミルクを飲みつつ読書。何て素敵なんだ。

図書館に馬車を呼んでもらい、飛行船まで移動した。木箱もしっかりと運び込んだぞ。タラップからはエリーにお任せしたんだ。

俺たちとほぼ同時にグラヌールも戻ってきて、見計らったかのようにセコイアも起きて来た。

「相も変わらず、馬鹿……むぐう」

「寝ぼけるのはそこまでだ」

「寝ぼけてなどおらぬ。なんじゃ、突然口を塞ぎよってからに。どうせやるなら口で塞ぐがよいぞ」

「べとべとになるから嫌だ」

「なんじゃとお！」

全く、エリーが木箱の位置を調整してくれてるってのに。

こんなに重たい荷物を載せて大丈夫かって？　重量は問題ない。乗船人数を抑えたのでその分積載量に余裕があるのだ。

時間次第で帝都で買い物をするつもりだったからね。

閑話一　狐娘のお買い物

宗次郎《そうじろう》も連れてくれば良かったかの。

帝国に来るのは久方ぶりじゃが、あまり代わり映えはしないのお。ヨシュアが舵取《かじと》りをしてから大きく様変わりしたローゼンハイムとは対照的じゃな。

オラクルに至っては一か月で別の街に生まれ変わっとるくらいじゃからの。

本当にあやつは見ていて飽きぬ。

ボクは妖狐《ようこ》という種族に生まれ、永遠とも言える時を生きる。自分だけが長き時を過ごすことに憂いを感じておった時もあったが、長き時を過ごしたからこそヨシュアや宗次郎のような面白い者に出会うことができた。まだまだ何があるか分からぬというのは悪くない。

今は百年の時を経た経験より一日の経験の方が濃いくらいじゃ。

良きかな良きかな。

代わり映えはしないと言ったが、時の経過で新しく店舗が生まれたり、無くなったりはしている。

料理もまた生まれては消えるのじゃ。

「ヨシュアも退屈な問答などせず、街を楽しめばいいのじゃが。人の世は面倒なものじゃの」

皇帝と何やら小難しい事を喋っておったから、抜けてきた。

なあに。ちゃんとヨシュアからお小遣いをもらっておる。買い物をするくらいお手の物なのじゃぞ。

お小遣いって童のようじゃと？

ボクは名より実を取る。人の世で生きるためには金が無ければならぬからの。ぬふふ。

「いらっしゃい！」

露店から威勢の良い声が聞こえておる。

店に入るより、露店の方が活気があって好きじゃ。落ち着いて食すことができず、座りが悪いという者もおるが、ちょこちょこ色んなものを摘まむには露店ほど適した場所は無かろう。

ガラムのように飲む方が好きな者にとっては店の方が良いのじゃろうな。

ボクもたまに飲むがアルコールがそれほど好きなわけではない。酒より甘いモノの方に惹《ひ》かれるのお。

可憐《かれん》な乙女じゃから仕方あるまいて。

「焼き立てだよ。どうだい？」

「一つもらおうかの」

「あいよ」

「うむうむ」

ほお。甘辛いタレが塗ってあるのか。炭の香りもしてたまらんのお。

ん？　甘いモノじゃなかったのかって？　もちろん甘いモノも食べる。じゃが、肉を喰《く》わぬとは言ってない。

ボクはゲラ＝ラと違って肉ばかり食べるようなことはしないのじゃ。

これは分厚い肉に甘辛いタレを付けて焼く。それをレタスで包み、柔らかいパンで挟んだ料理じゃな。

パクッといくと肉からじゅわっと肉汁が出てきてパンに吸い込まれ、口の中で僅《わず》かに炭の香もしてきて……。

「なかなかに美味じゃ。ふかふかもっちりしたパンもたまらんのお」

ふかふかもっちり……嫌なことを思い出したのじゃ。

飛行船でヨシュアめ、エリーとアリシアの胸ばかり見おってからに。「見てない」と主張しておったが、ボクはきっちりチェックしておるぞ。

ボクだとて本気を出せば……。

少しばかり、難しそうじゃな。どうもあやつはボクのことを童か何かと思っている節がある。

ボクは既に人間で言うところの成人なわけじゃが、人間から見ると童のように見えてしまうからじゃろうか。

ならいっそ、姿見の魔法を使ってあやつの好きそうな体型に変化して迫ってみるのも良いかもしれんの。

「可愛《かわい》らしいお嬢さん。入荷したばかりのフルーツはどうだい？　今ならあまーいハチミツを好きなだけ垂らしていいぜ」

「ぬぬ。黄色い果実とは珍しいの」

「パイナップルって言うフルーツなんだぜ。共和国から入って来たばかりなんだ。既に熟しているから甘いぞ」

「ほおほお」

「お使い途中かい？　偉いお嬢さんだ。よおし。半額に負けておくよ」

「おお。いただくかの」

串《くし》に刺さった黄色い果実――パイナップルとやらを受け取りホクホクしつつハチミツをたっぷりと垂らす。

うむ。

童に見えるというのも悪いことばかりではない。姿見の魔法は今しばらく保留じゃ。

決して、おまけをしてくれたからではないぞ。

姿見の魔法でヨシュアを籠絡《ろうらく》できたとしても、それはボクではない。

ヨシュアはいろんな女子《おなご》にフラフラとしておるが、決して見た目だけで惹かれるような男ではないのじゃ。

外見が全く必要ない、とは言わぬ。そのために世の女子たちは着飾り、化粧をするのじゃからな。

しかし、外見より本質の方が遥《はる》かに重い。

見ておれ。ヨシュアよ。

「パイナップル……もう一つ、もらえるかの」

「おお。余程気にいったんだな。ほいよ。さっきと同じ値段でいいぜ」

パイナップル。持ち帰ることはできないかの。

ヨシュアに聞いてみるとするか。

ちょうど、そろそろ戻る時間じゃ。そうじゃ。パイナップルを土産《みやげ》に持って行ってやろうかの。

ハチミツを付けることはできぬがな。ハチミツ付きが良ければ、ここに足を運ぶがよいぞ。

その際は仕方ないから付き合ってやるとしようかの。

第二章　大発展のオラクル

オラクルに戻ってから早二か月が過ぎようとしている。

ホウライへの食糧支援は順調だ。帝国とレーベンストックの協力も取り付けることができた。

といっても無償支援ではない。ちゃんとした貿易だよ。

ホウライで見繕った品々が功を奏したのかというと、他国にとっては多少役に立った程度である。

ところが、連合国……特にオラクルとしては得るものが大きかった。

魔工プラスチックとゴムが大量に手に入ったからね。他国は金属の輸入が多くを占めた。

鉄、銅、スズとお馴染《なじ》みの金属だけど、青銅の需要が高いんだよ。特にスズの量が限られているから、結構な高値で取引されたとホウライ関係者が喜んでいた。

俺が見繕った中では絹とウールのフランネルくらいかな。肌触り抜群で良い物なのだけど、単価が高い。

俺が過ごした宿は日本で言うところのロイヤルスイートクラスだったので、バスタオルまでフランネルだったけど本来お手軽に使うことができるような製品ではない。

それでも、貴族や街の高級店からは輸入の依頼があったとのこと。全部外れにならなくてよかったよ。

「ふう。すっかり暑くなったなあ」

オラクルは夏でも過ごしやすい。クーラーなんて無い世界なのでうだるような暑さだと仕事にもならんと思う。

そうなれば真っ先にクーラーの開発を行っていただろうなあ。国の魔道具職人と宮廷魔法使いに加え技術担当の文官も集め、トップダウンで無理無理にでも開発を断行する。

必要は発明の母といいますか、クーラーの魔道具が開発されれば瞬く間に広がり、値段も落ち着いてくるものだ。

一時的に技術者という技術者を全《すべ》て集めることは強烈なコストになるけど、やる価値はある。

そういうわけで、クーラーどころか製氷機なんてものも無かった。

しかし驚く事なかれ。試作品一台限りであるが、製氷機《魔道具》を作ってしまったのだよ、だよ。

お、噂《うわさ》をすれば来た来た！

「ヨシュア様。お待たせ致しました！」

「ありがとう！」

エリーが持ってきてくれたのはかき氷である。ついに来たかき氷！

シロップは大麦から作った水あめにベリーの身を砕いたものを混ぜた。更に、ホウライ産の小豆《あずき》を載せている。

小豆とベリーの組み合わせはどうかなと思ったが、見た目はとても美味《おい》しそうだ。小豆はホウライで食べたような味付けじゃなく、たっぷりと砂糖を使っている。

ふ、ふふふ。

エリーにも座ってもらい、一緒にかき氷を頂くことにした。

「いただきます」

お互いに胸の前で指先で四角を描く。おなじみ聖教の祈りのポーズである。俺は特に聖教を深く信仰しているわけじゃない。エリーがするから俺もやる程度である。ペンギンやセコイアと一緒の時は手を合わせていただきますをしていることが多い。

シャリ。

スプーンですくった氷を一息にほおばる。

冷たーい。

これだよこれ！

「アルルは？」

「もうすぐ来ます」

「かき氷も？」

「はい。準備しております」

と会話していたらアルルもやって来た。

美味しくてついついガッついたらキインとなって、顔をしかめる。アルルも同じだったらしく、耳をしゅんとさせていた。

エリーはさすがである。このような時でも落ち着き、いつもの調子でゆっくりと味わって食べていた。

そんな彼女が手を止め、真っ直《ま》ぐ《す》俺を見つめてくる。

「製氷機……でしたか。こちらは市場に並ぶのでしょうか？」

「今のままだと難しいかな。魔力を使い過ぎるし、できた氷を維持できないのが問題だ」

「確かに。氷ができるまでに数時間かかります。夜のうちに作っておいて……としたいところと愚考いたします」

「俺としては製氷機でみんなの心が一つになれたことで十分さ」

帝国から戻った後すぐに研究開発部門を強化したいと思い立ってね。ローゼンハイムには魔法的な研究機関と俺が公爵になってから新設した技術研究部門がある。オラクルはオラクルで科学と魔法を融合させた技術を取り扱う部隊ができていた。ペンギンとトーレたちが開発・検証を行って製品にしても、それらを生産する部隊が必要だろ。

ペンギンらが職人たちに逐一指導するほど手が空いてないので、専用の人員を用意したというわけだ。それが、オラクルの技術部隊である。

これを取りまとめる意味で、各部門から代表者と代表者が選出したメンバーを三人つれて定例会を行うことにしたのだ。

取りまとめるは技術開発担当教授フリーマンと宮廷魔術師長、そして俺とオブザーバーでペンギンである。オラクル側は新設ということもあり、公国側ほどの経験と知識のある人がいなかったので、俺自ら率いる。

本当は連合国の技術部門頂点にペンギンを置きたかった。

置きたかったが、二つの理由により断念する。

一つは本人の希望。これが大きい。ペンギンは今のようにガラムやトーレたち、少数の人たちと共に実験と検証をしたいと望んでいる。いずれ、彼には大学か何かで教鞭《きょうべん》をとってもらいたいところだが、今じゃない。

もう一つ、これもペンギンの意見であるが、彼とローゼンハイムの研究機関は考え方からやり方までまるで異なる。

ローゼンハイムにはローゼンハイムのいいところがあるので、ペンギンと歩みを揃《そろ》えるのではなく、ローゼンハイムはローゼンハイムで進め、積極的に情報共有する方が開発に良い影響を及ぼすはずだとね。

彼の意見に対し、俺に否は無い。むしろ、「確かに」と膝《ひざ》を打った。

統合せず敢《あ》えて分けることで、お互いに切磋琢磨《せっさたくま》し競争原理も働くだろう。

それに、完成に至るまでの方法論が異なることも肝要だ。

綿毛病の時にオジュロと俺たちが全く別のアプローチで解決した。どちらも成功したからバンザイというわけじゃなく、複数の方法論があれば解答を得られる確率もあがるだろ。

どちらもあと一歩のところまで進んで失敗したとしても、情報交換することで成功に導けるかもしれないし、どちらかだけが成功するパターンもあるだろう。

更に別々の答えから完成品を効率化することだってできるかもしれない。

そういうわけでローゼンハイムとオラクルの技術研究者の交流が始まったわけで、その成果が製氷機というわけなのである。

決して俺の欲望のままに作らせたわけじゃない。

残念ながら製品化を行うには難しいと判断したわけだけど、交流を行った産物と考えれば上々だ。かき氷も美味しいことだし。

「本日はごゆっくりなされるのですか？」

「いや、そういうわけにもいかないんだ」

「昨日《きのう》、政務がある程度終わられたとおっしゃっておられましたので、浅はかな発言、申し訳ありません」

「いやいや。国家運営に関する政務は何とか片付けたのは事実だよ。すぐにまた大量に降って来るけど……他のこともあるんだ」

「他……と申されますと？」

「市政だよ。俺たちが住む街、オラクルのことについてちょっとね」

「オラクルはヨシュア様の直接統治地域であらせられます。街の運営もヨシュア様が担っておられて領民も安心して暮らしていけるというものですね！」

「オラクルだけを見ていられればいいんだけど……」

文官は増やした。しかし、連合国となったことで国家運営もしなくちゃならない。

追放中はオラクルの街と国家がイコールだったからなあ。

大丈夫。市政に関しても人を増やした……きっと、大丈夫……。

「シャル。早かったな」

「閣下はもう『実験』が終わったのですね。遅くなり失礼いたしました！」

「待ってないから大丈夫だよ」

「自分も閣下を見習い、精進いたします！」

「あ、うん……」

元気一杯過ぎる赤毛の伯爵令嬢に肯定とも否定とも言えない曖昧《あいまい》な返事をする。

シャルロッテには実験と伝えていたが、ご存知の通りかき氷を貪《むさぼ》っていただけだった。ほら、息抜きも必要じゃない。

実験しているところを彼女に発見されるわけにはいかないので、ささっと撤収し執務室に戻ったのだ。

かき氷を食べていただけだったから彼女の想定より俺の到着が早かったのである。

これ以上彼女の見積もりが早くならぬよう注意せねばな。

おっと、顔が緩んでいるような気がする。引き締めるべし。

「おほん」

「……っつ。失礼いたしました。お仕事中というのに、申し訳ありません！」

顔芸をシャルロッテに凝視されていたらしい。ワザとらしく咳払《せきばら》いをして誤魔化《ごまか》したら、逆に謝罪されてしまった。

彼女ったら、顔を真《ま》っ赤《か》にしているじゃない。真面目《まじめ》にお仕事しに来た彼女の前でこれはいけなかったかも。

俺としてはキリッと仕事モードの顔にしたつもりだったんだけどなあ……過程を見られちゃったら間抜け以外の何者でもない。

「報告を頼む」

「承知いたしました！」

促すとシャルロッテの表情がガラリと変わる。ワーカーホリックは仕事の時こそ目が輝くのだ。眩《まぶ》しい。

さっと書類……ではなくノートを手元に寄せて、ボールペンを握る。

ノートと表現したが、冊子と言った方がイメージが近い。こいつは紙を束ねて端を紐《ひも》で縛ったものである。

いわゆるメモ帳代わりに使っているノートなのだ。

大きさはB５サイズくらい。

ここには大きく六つの項目が書かれている。

「商業、住宅、交通、教育、娯楽、治安。それぞれ頼む」

「まず商業から現状報告をいたします！」

市政を実施するにあたって、六つの項目を作ったんだ。これはローゼンハイムの市政計画を実施する際の流用になっている。

商業はとても範囲が広い。農業や手工業を始め、流通から経済状況までを含む。

本当はもっと細かく分けたいところなのだけど、商業を担当する人を厚めに配置しているし、部内で担当を分けているから今のところ問題ない。

「まずはオラクルの人口調査の報告からです。台帳によりますとついに七万人を突破いたしました！」

「い、一気に増えたな。そら問題も起こってくるわけだ」

「おっしゃる通りです。公国北東部の人口の多くをオラクルで受け入れたであります。今のところ、食糧や仕事に関しては問題が出ておりません。ホウライへの輸出をしてもまだ余裕があります」

「おお。キャッサバ様様だな」

「キャッサバ以外にも農作物は順調です。家畜も然《しか》り。街の商店街も活発で、次々に新しいお店ができております」

「貨幣経済へ完全に移行できた感じかな？」

「はい。物々交換は無くなり、物資配給も完全にストップしております。連合国となったことで公国領との物流量が十倍以上に跳ねあがっています」

「いつと比べて十倍なのかな？」

「半年前です」

「マジか……人口増加を加味しても物凄《ものすご》い上昇率だな」

「魔石機車を貨物に使うようにしてから急増いたしました。ヨシュア様のおっしゃる通り、新しい『経済』が生まれようとしているのではないでしょうか！」

魔石機車と飛行船によって意図した通り流通革命が起こっているようで何よりだ。

公国内でも物流規模が加速し始めたと聞いている。

鉄道網ってやっぱすげえよな。うん。

流通革命が起こると、農業や手工業の在り方が変わってくるだろう。地域による名産品が産まれたりなんてことも起こるかも。

いい事ばかりではない。ヒトモノの流通が激しくなると、よからぬ者を呼び込んだり、農村を離れ都市部に人口が集中し農業に支障をきたしたり……。

この世界はモンスターがいるので、人口減少は深刻な問題だ。今のところ、未《ま》だ封建制社会を出ないのである程度、地域に人を固定している状況である。

これも、時代にそぐわなくなってきて、いずれ領地持ち貴族ってのも無くなっていくのだろうな。今すぐの話ではないが。

既得権益を持つ貴族と領民の争いに発展することがないよう、将来に生かせる施策を打っておきたい。

落ち着いてからな……。

「商業は多岐に亘《わた》るから、口頭での報告はこの辺で。特に大きな問題が起こっていない認識で大丈夫かな？」

「はい。ヨシュア様の掲げる六つの項目のうち商業は最も発展著しい項目であります」

「良し。次は住宅だ」

「住宅はコンクリート、漆喰《しっくい》、木材など建材についても問題ございません。公国からの仕入れも活発です」

「大災害時の緊急受け入れが功を奏したな。交通……は後回しにして教育はどうだ？」

ここでシャルロッテが手持ちの資料に目を通す。

俺は俺で渇いた喉《のど》を潤すべく、コップに水を注ぎゴクリと一口。

もう一つコップを用意して、水を注ぎ移動してテーブルの上にコップを置く。

彼女を立たせたままだったのでソファーとテーブルのところへ移動することにしたのだ。

彼女に座るように促したのだが、俺が座るまで直立したまま待っていてくれた。

飲みかけの自分のコップを持ったまま腰かけると彼女も続く。

「教育はヨシュア様の骨子を基に初等教育の拡充を図っております。また、領民から大学を作って欲しいとの要望も未だ強いであります」

「読み書き、計算は今後ますます必要となる。どのような職業であっても習得できるようにしたい」

「はい。素晴らしいお考えだと感動しております！　元々、公国では他国に比べて読み書きと計算ができる率が高かったこともあり、教育が当たり前と認識している親が殆《ほとん》どです」

「対象は六歳から十歳まで。全《すべ》て無償で実施する。食事も提供するようにと無茶を言ったけど大丈夫そうかな？」

「問題ございません。税収で十分賄えます。教育の遅れもほぼございません。今までは有志の親たちが順番で読み書きを教えていたようでしたので」

「良かった。確かに大学といかないまでも新たな教育施設を作りたいところだな。七万人を超える都市にまで成長したわけだし。関係者にその辺をまとめさせてもらえるか？」

「承知いたしました。すぐに伝達します」

交通網の発達に伴い、村と村、街と村の交流も活発になる。どの村でも商人が訪れ、または店舗ができ、貨幣でもって取引を行うことになるだろう。

農家であろうが、職人であろうが、紙とペンで帳簿を付けなきゃならなくなるし、読み書きと計算は必須《ひっす》だ。

生きていくための力を付けることが連合国の初等教育が掲げる方針である。

国の将来への投資であるわけだから、無償で行うことは当然で、彼らが育ち国力の底上げをしてくれることになるのだ。

公国時代に教育改革を実施しており、オラクルもそれに続く形となり導入もスムーズに進んだようだな。反発もなく良かったよ。

あれ？　教育の話はこれで終わりと思っていたのだけど、シャルロッテが期待の籠《こも》った目でこちらを見ているじゃないか。

言わずとも分かる……きっと「ヨシュア様からご提案がありましたらそれも組みこみます」と無言で示しているのだ。

そうだなあ。思うところは確かにある。

「もし大学を作るとなると、学部構成についてあくまで個人的な意見として述べていいかな。俺の意見だからと言って『絶対反映させるべし』となるのは困る」

「もちろんです！　是非、お聞かせください！」

「科学と神学を学ぶことができる学部を創設すれば、オラクルの特色がでそうだなってね」

「カガク！　ヨシュア様とペンギン氏が広められた新しい理《ことわり》……でありますね！」

「俺やペンギンさんが広めたわけじゃあないけど……科学の基礎となるところから学べる場所を残しておきたいとね」

「素晴らしいお考えです！　カガクトシ『オラクル』に相応《ふさわ》しいかと。神学は自分には考えが及びません。ご教授いただけないでしょうか」

「オラクルは人間以外の種族比率が連合国の中で群を抜いて多いんだ」

「なるほど！　確かに『神学』として研究材料が揃《そろ》っておられますね！」

「人間以外の種族」と言葉にするだけですぐに察するシャルロッテはさすがだ。

魔石機車や飛行船が目立つのだけど、オラクルは他にはない特徴を持っている。

それは、教会と並ぶように立つ宗教施設なんだ。エルフが信仰する精霊、ドワーフやノームが信仰する火の神……などなど。

それこそ、宗教施設の展示会のような様相を呈している。

同じ聖教国家だと共和国のジルコンには多数の神が祭られていると聞く。それでも、一番大きな建物と敷地を持つのは教会らしい。

オラクルは敢《あ》えてそれぞれの宗教施設に割り振る土地の面積を同じにしている。敷地いっぱいいっぱいまで使うもよし、高さも自由なので建物の大きさはそれぞれ異なるんだけどね。

そう、彼女が察した通り神学といっても聖教を研究するだけの学部じゃない。ありとあらゆる宗教について研究する学部にしたいという意味で神学部を作りたいと言ったわけなのだ。

「繰り返しになるけど、あくまで参考意見ってことで。次は娯楽と治安について頼む」

「承知いたしました！　治安については全く問題ありません。ちょっとした店舗でのトラブルがあったものの、死傷事件は未だゼロ件です」

「それはすごいな」

「エリーさんとアルルさんのお手柄じゃないでしょうか」

「ん。そこでエリーとアルル？」

「はい！　中央大広場に」

「だああ。その先はもう言わなくていい。次だ次」

そんなわけあるかああ。シャルロッテの妄想に過ぎない。

中央大広場に座するは、ひょろい像。広場を通る時に絶対に目を合わせないようにしている。

お祭りの時は装飾までされていたぞ。

あんな像が犯罪率低下に貢献しているなんて有り得ないだろうて。

「領民からの声も頂いておりましたが、ご報告しなくてもよいのですか……？」

「報告書にまとめていたりする？」

「もちろんであります！」

「……読むから、語らなくていいよ……娯楽を頼む」

領民からの声ってあれだろ。話の流れからして犯罪率の低下に貢献している根拠を示す内容だよな。

大広場に関してのことなど聞きたくもねえ。しかし、大人な俺はちゃぶ台返しなんてしないのさ。

ガラリと話題を変えてやり過ごすのだ。

シャルロッテもちゃんと話についてきてくれるし。問題ない。

「娯楽施設は公共浴場を建設中であります。領民から意見を募った結果、劇場を作る案が出ております」

「劇場案は採用としよう。場所は任せるよ。他の案はあったりする？」

「ございます。こちらに」

「あ、ありがとう」

書類をズズイと前にやるシャルロッテ。

一番上の書類の文字が見えたけど、それ、治安の方の領民の声だよな。思わず声が上ずってしまったじゃないか。

公衆浴場は間もなく完成の見込み。劇場もそう時間がかからず形になるだろ。

これまで全く娯楽系施設を作ってこなかったわけじゃない。そこはこの後の街の視察で見に行くことにしよう。

パラパラと書類をめくり、ところどころボールペンでメモを取る。

ふむふむ。ここまで詳細な計画書じゃなくて良かったんだけど、すげえな。設計図まで詳細に描かれているじゃない。

正直、建築の知識があるわけじゃないので、専門的なことを書かれても分からない。

餅《もち》は餅屋に任せるに限る。

「いかがでございますか？」

「ポールさんら棟梁《とうりよう》が描いてくれた設計図かな？」

「おっしゃる通りです！　娯楽の官吏には大工の方もいらっしゃいますし。建築を統括してくださっているポール氏とも連携しております」

「専門的なところは判断がつかないけど、ポールたちも見てくれているのなら安心だ。いつもありがとうと伝えておいてくれ」

「かしこまりました！」

ひときわ声が大きい……。耳があ。

書類を揃えて、上にボールペンを置く。

「ヨシュア様。その変わった羽ペン。書きやすそうでありますね」

「これはボールペンというんだ。色々試した結果、良いインクが見つかってさ。そのうち市場に並ぶと思う」

「インク？　透明なところから見えている黒い部分がインクなのですか？」

「うん。羽ペンと違っていちいちインクを付けなくて良いから、外を歩きながらでも使いやすい」

「それは素敵過ぎるであります！　お仕事が捗《はかど》りますね！」

「お、おう。じゃあ、持ってってていいよ」

「いえ、貴重なボールペンをお借りするわけにはいきません！」

「もう一本あるから大丈夫だよ」

顔が引きつりつつも、シャルロッテにボールペンを手渡す。

俺は懐にもう一本忍ばせてあるから問題ない。ボールペンを使い始めたらもう羽ペンなんて使えなくなるぞ。

ボールペンの開発で最も困難だったのがインクの選別だった。連合国で使われているインクはどれもダメで……。

綿毛病の時に協力を仰いだ魔道具職人のティモタを覚えているだろうか？

彼はエルフの魔道具職人で、娘がマルティナというハーフエルフの少女なんだ。マルティナは職人たちから可愛がられてて……懐かしいなあ。

感傷に浸ってしまいそうになってしまった。

インクに悩んでいたところ、ティモタが紹介してくれたインクを使うとバッチリの粘度だったたん

だよね。

それで、ボールペンを実用化できる目途が立ったというわけである。

「外を歩きながら実施検証しつつ会話しようか。外でお昼にでもしよう」

「承知いたしました！」

そんなわけで、屋敷の外に出ることにした。

◇◇◇

「飲食店が増えたよなあ」

「はい！　ヨシュア様のご人徳があり、遠方の料理を出す店もあったりするのですよ」

シャルロッテが目を向けた先にはジルコンの港街料理との看板が掲げられている。

港街料理って海鮮ものじゃないの？　オラクルは内陸にある街なので、近くに海なんてないんだけど……素材はどうしているんだろ。

気にはなったが、各国料理があるとなると自然と並んだ看板に目が行く。

ひょっとしたら、レーベンストックにはバーデンバルデンのレストランがあったりしないかなあ、なんて。

「うーむ。いろいろあるなあ」

シャルロッテと二人で外に出てきたわけではない。外出時には必ず誰《だれ》か護衛がつくのだ。

セコイアやニクニクのような例外を連れている時は護衛を付けないこともある。

ハウスキーパーの誰かが俺の護衛役になるのだけど、本日はアルルの番。

アルルとエリーの交代での護衛役はまだ続いていて、バルトロとルンベルクは俺と二人で行動する時以外は護衛役を行わないことにしている。

そんな護衛役のアルルが耳をピコピコさせて俺を下から覗《のぞ》き込んできた。

「ヨシュア様。何か、探してる？」

「レストランが一杯並んでるだろ。この辺はレストラン街になってきたのかも」

アルルは満面の笑みで尻尾《しっぽ》をふりふりする。

「そうなのー？」

「もちろん他の店もあるけど、飲食店が多いなあって」

「あれとかー？」

「そう、あれとか。ん、んん」

僅《わず》かな香りに鼻をすんすんとさせた。これは……懐かしいスパイスの香りではないか。

看板を見てみたら「大森林料理をオラクル風に」なんて売り文句が書いてある。

大森林という表記に不安が募るが、この香り……試してみたい。

「シャル。アルル。ちょっと早いけど、まずは食事にしないか？」

「承知いたしました！」

「うんー」

そんなこんなで、いざ「大森林料理をオラクル風に」提供するレストランに入ることにした。

店に入ると香りが鮮やかになり、やはりこの香りはスパイスで間違いないと確信する。

時間が早いからか、店内には客が殆《ほとん》どいない。

「いらっしゃいま……ヨ、ヨシュア様！」

エルフのウェイトレスが座席を案内しに来たのはいいが、奥に引っ込んでしまった。

すぐに血相を変えた店主らしき黒髪のエルフと先ほどのウェイトレスが深々と頭を下げる。

「ほ、本当にヨシュア様が……し、失礼いたしました。私は店主のフレイルと申します。こちらは妻のリンネです」

二人とも二十歳《はたち》前後に見えるが、エルフなので実年齢は不明。野暮なことは聞かず、にこやかな笑顔を作り、会釈した。

「いい香りがしたもので、私のことは普通の客として扱ってください。空いている席に座っても大丈夫ですか？」

「は、はい！　もちろんです」

「大森林料理をオラクル風にというところにとても興味を惹《ひ》かれました」

「大森林料理はこの街の人の口に合わない、そのようなことはありません。少しアレンジすればきっとお口に合うと確信し、この店を開いた次第です」

「そうでしたか。堪能させて頂きます」

「ご来店ありがとうございます！」

どの席がいいかなあ。窓際だと外から中の様子が見えちゃうし。

人だかりができたら店主に迷惑をかけてしまう。

奥まった席にするかなあ。

「ヨシュア様、ここでいいー？」

「お、いい感じだな。そこにしよう」

アルルが示す席は観葉植物で仕切りがされているので、外からは見えない。

「それにしても、一目見て俺だって分かるとは……」

「広場のご尊顔は街の象徴であります！　知らぬ人などいないでしょう」

「そ、そうなんだ……は、はは」

「そうであります！」

自信満々に言い切るシャルロッテに対し、乾いた笑いが出た。

席に座るのを見計らって店主の妻ことウェイトレスの女の子が注文を取りにやって来る。

「こちらメニューになります」

「まず、水を三つください」

「承知いたしました。お決まりになりましたらお呼びください」

「ありがとうございます」

さってと、お楽しみのメニューを拝見。

ドリンクも種類豊富だな。ほうほう、アルコールの提供もしているのか。

シャルロッテもアルルも真剣にメニューを眺めている。

俺が頼むものは決まっている。本日のランチまたはオススメのどちらかだ。大抵の店にはどちらかのメニューが存在するからな。

せっかくだから飲み物も頼んじゃおうか。

「シャル。アルル。決まった？」

「ヨシュア様はー？」

「そうだな。ヨーグルトドリンクと本日のランチにしようかな」

「じゃあ。アルルも」

「自分もそれでお願いします！」

それでいいのかと思いつつも、特に否はないのでウェイトレスに注文をしたぞ。

本日のランチは窯で焼いた平たいパンと大森林風スープのセットだ。あの香りからしてスープとやらはきっと……。

「お待たせいたしました。本日のランチとヨーグルトドリンクでございます」

トントンと本日のランチが置かれていく。

銀色の盆のような皿に焼き立て熱々の平たいパンと同じく銀色のカップ二つが皿の中に載せられている。

カップの中身は茶色と濃い緑色のスープのようだ。

こいつは……焼き立てナンとカレーだよな！

茶色は豆とソーモン鳥のカレーかな。緑色のは何かの野菜をすり潰《つぶ》したものと恐らく草食竜の肉。

「美味《おい》しそうだ。いただきまっす！」

「いただきますー」

「神に感謝を」

それぞれ思い思いの言葉を口にして食事を始める。

「お、こいつはラッシーみたいだ」

「手でちぎって、食べていいの？」

ヨーグルトドリンクはラッシーそのものだった！　これはカレーの方も期待できるぞ！

そんな内心をよそに、アルルの問いかけに首を縦に振り応じる。

「アルルの食べやすい食べ方でいい。俺も手でいっちゃうかなあ」

「では自分も」

スプーンとフォークは用意されているけど、ナンとカレーなら手でいくのが好みだ。

ナンに触れたらでき立てだからか熱々で、手ぬぐいで手を冷やし再挑戦。

ちぎったナンを茶色の方のカレーに浸して……食す。

「美味しい！　これぞまさにカレー！　ちょいと甘口かな」

オラクルの人でも食べやすいようにと考慮したのはこの点だったのかもしれない。

いや、考慮した結果カレーぽくなったのかも。

料理人の考えることを推し量るなんて野暮なものだ。

ここにカレーがある。それだけで俺はもう満足である。

味わいはインド風カレーに非常に近い。地球の表現にするとこいつは豆をすり潰し溶かしたダルカレー。

豆自体は公国でも広く活用されている。もちろん栽培もしているぞ。

ソーモン鳥のむね肉もダルカレーの味を引き立たせ、口の中で溶けるほど煮こまれている。

鳥の出汁《だし》と豆に各種香辛料でこの味わいが形成されているんだな。

まとめると、美味しい。それに尽きる。

「からいー。けど美味しいー」

「確かに辛いです。ですが、ヨーグルトドリンクを合わせると」

二人にとっては辛いらしい。

インドカレーで言うところの一辛と二辛の間くらいかなあ。俺は三か四くらいが丁度いい。

ともかく、パクチーのような独特の香りがするものは入っておらず、オラクルの人にでも馴染《なじ》み深い食材と癖のないスパイスで作られているようだな。

次に緑色の方行ってみますか。

「ほ、ほう。こっちはこっちでいける」

緑の方はインド風に表現するとサーグという葉菜を用いたカレーに近い。

緑色の元はホウレンソウだろうか。ホウレンソウは公国でも使われている。

草食竜の肉は鶏肉《とりにく》と豚肉の間くらいで、あっさりな野菜とマッチしているね。うん、サーグも良いものだ。

いやあ、まさかオラクルでインド風カレーを食べることができるなんて、思ってもみなかった。定期的に食べに来ようかな。

あと、スパイスのことは絶対に店主に聞かないようにしないとね。だって、大森林だぞ。大森林の調味料と言えば……後は何も言うまい。

「いやあ、美味しかった。美味しかった」

「変わった味でしたね。癖になりそうです」

「大森林、侮りがたし……だな」

「ヨシュア様。同じことをバーデンバルデンでもおっしゃっておりました！」

「バーデンバルデンのラーメンも素晴らしかった」

「で、ありますね」

ん。「そうですね」じゃなくて「で」何だってんだろう。

インド風カレーこと大森林料理オラクル風を食し、幸せな気分で外に出た。

シャルロッテは目標地が決まっているのか、ズンズン進んで行く。

大通りを進むと到達する場所は決まっている。そう、中央大広場だ。

例のアレが横目に映り、げんなりする。

「シャル。中央大広場に向かっていたのか」

「『交通』についてはヨシュア様が自ら領民に聞いてみるのも良いのかと愚考したわけであります！」

「なるほど。『で』の続きは意見を吸い上げることだったのか」

「領民のみなさーん！」

シャルロッテの声が大きい。

こういう時には良く通る大きな声は役に立つ。拡声器なんてものなど、彼女には必要ない。

せっかくの機会だ。俺も領民の声を直接聞けるなら聞こうと思っていた。

時間もまだあることだしね。

「ヨシュア様とシャルロッテ様だ！」

「ヨシュア様！」

「護衛のメイドの人もいる！」

「ヨシュアさまあ！」

うわあ。

中央大広場は交通の要《かなめ》になっている。であるからして、人を集めるに適しているのだ。

あっという間に人が集まり、群衆となる。

ひょろい像を背に街の交通について聞き込み調査が始まった。

そこ、俺の前で像に祈るのを止《や》めるように。心の中で思っていても、口に出して言えない大人な俺であった……。

「……なるほど。領民の皆さん、ありがとう」

演説の時は為政者として偉そうな言葉遣いをするけど、普段の俺はこんな感じだ。

「もう大丈夫だよ」と手を振ると、群衆たちはバラバラとばらけていく。

何とよくできた領民なのだろう。

訓練が行き届き過ぎていて怖い。

帝国では厳重な警備を受けていたが、オラクルではアルルかエリーがいれば全く支障がないのはオラクルの領民によるところが大きいのだ。

彼らは俺が街を歩いていても寄っては来ず、近くを通り過ぎた時に挨拶《あいさつ》をしてくれるくらいに留《とど》めて置いてくれる。

「お客様」である帝国なら仕方のないことだけど、騎士たちがスクラムを組んでくれないと集まった人々によって立往生してしまう……と思う。

どんなアイドルグループだ、って話だよ。

「シャル。馬か馬車を手配してもらえるか？」

「はい！　すぐに！」

敬礼したシャルロッテはアップにした赤毛を揺らし、駆け出す。

急がなくてもいいのに。

「アルルが行くのに」

「アルルが行ったら、護衛がいなくなっちゃうぞ」

「それはダメー」

「だろ」

アルルの表情がくるくる変わる。それに伴い彼女の耳も忙《せわ》しなく動いた。

シャルが戻ってくるまで、メモしたことと「交通」に関する書類を見比べておくかな。

噴水前のベンチに腰掛け、パラパラと書類をめくる。

「ふむ。実際の声と集めた情報はほぼ同じか。どう対応するかなあ」

「ん？」

立ったまま首を傾けるアルルに向けにこやかに微笑《ほほえ》む。

「アルル。横に腰かけてもらえないか。俺の話相手になって欲しい」

「うん。だけど、わたし、難しいこと、分からないよ？」

「難しい事じゃないさ。ほらさっき、みんなの意見を聞いていただろ。思っていることを集めたメモと書類だから、アルルの意見も聞いてみたいと思ってね」

「いつも、優しい。アルルは考えること、苦手なのに。ヨシュア様が分かりやすく言ってくれるから」

賢公などと世間で言われているけど、俺の頭の作りは大したものじゃない。

そら、曲がりなりにも公爵から辺境伯、大公とやってこれたのだから平均よりは上だと自負している。

だけど、数千人に一人の天才とか頭がきれる……なんてことはない。平凡の域はでないさ。それでもやっていけるのは、適材適所に素晴らしい人材がいてくれるから。能力があるにこしたことはないが、司令塔に必要なのは頭脳だけじゃないってことさ。ははは。分かりやすく、誰《だれ》にでも理解できるように説明するってことは大事なことなんだぞ。それに彼女に自分の考えを述べることで、自分の考えを整理することができる。

付き合わせちゃってすまないが、シャルロッテが戻ってくるまでなので我慢して欲しい。

「アルルにも手伝ってもらったけど、予《あらかじ》め大広場から大通りの位置を決めただろ」

「うん！」

ルンベルクに白線でいいので、予定地をと頼んだのが昨日《きのう》のことのようだ。

十字ではなく、斜めに更に二本の道を追加しておいてよかった。当初予定では一万人規模でも耐えうるように、馬車の往来が活発になっても往来に支障をきたさないようにと計画した。

馬車が交差し人も歩いて……ができる道幅があるのは大通りだけだ。

十字では使うことのできる道は四本に対し、今の大通りなら八本使うことができる。

急激に増えた人口でも大通り沿いにまだ店舗を建てることができるのも、大通りが八本あるからだ。

大通りは街を広げるのに合わせて延ばしていっているので、街の端まで大通りを歩けば到達する。

「大通りがあるから、馬車でも移動しやすくなっているんだけど……それでも交通に支障が出ていてさ」

「馬車がいっぱいだから？」

「それもあるけど、街がどんどん大きくなっているだろ。そうなると、道がどうなるかな？」

「長くなるよ！」

「端に住んでいる人の家から中央大広場までが、日に日に遠くなっていっているんだ」

「大変！」

「そうなんだ。念のために遠くに作った農場にまで到達しそうで、農場側はこれ以上家が建つことはなさそうなところまで来ている」

「家が建てられないと、外になっちゃう」

「農場側以外の方向に延ばせば大丈夫だよ。そろそろ人口の急増も止まると思う」

「よかった！　家がないと大変」

自分のことのように喜ぶアルルに思わず頬《ほお》が緩む。

住居については問題ない。更に人口が増えたとしても、さすがに十万人を超えてきたら周囲に村を作った方がいいかもしれない。

辺境側は今のところオラクル以外の居住区はないからね。

「それでな、端の方に住んでいる人が中央まで移動するのに大変だろ？」

「重たい荷物を持っていたら、大変」

「そそ。なので、交通が問題になってきたってわけさ。魔石機車の駅があるのは農場方向だけだしね」

「わかった！　見に行くために、馬車、呼んだんだね！」

「その通り！　実際どれくらい遠いのか。本当は徒歩で行きたいところだけど、街をぐるりと回りたいから」

「えへへ」

広がった街を徒歩だけで回るには限界が来ている。

徒歩以外の交通手段を準備したいところなんだよね。警備兵は馬を使ってもらうとして、領民全員に馬を使わせるのも難しい。

必須《ひっす》なら馬を支給することもできなくはないけど、馬は自転車と違って放置するわけにはいかないからさ。

ローゼンハイムのように馬車を走らせるのが、最も早い解決策だ。

馬車を走らせるにしても、どこに停車させて人を乗せるのかを考えなきゃならない。そのためにも現場を見ておいた方がいいというわけなのだよ。

馬車ではなく馬でシャルロッテと並走し、大通りを進む。アルルは俺の後ろにちょこんと乗っている。

馬車より馬の方が動きやすいので助かる。

「お、おお。ここで農場・畜産エリアに変わるのか」

「はい。ハッキリとした切れ目になろうとしております」

一年ほど前に農場まで来た時は何もない荒地に突然農場が出現する感じだった。

しかし、今となっては農場と住宅地が繋《つな》がりそうな勢いである。ほどなく家の裏手が農場や牧場という状態までになるだろうな。

報告を受けていたとはいえ、実際に見るのと読むのでは大きく異なる。やはり、視察してよかった。

キャッサバだけじゃなく、先日食べたホウレンソウや中世ヨーロッパには存在しなかったジャガイモやサツマイモまで栽培している様が見える。

公国の農業を立て直すことができたのも、地球で言う新大陸産の作物があったから。カボチャも良いし、芋類は強い……。他には豆類もなかなかのものだぜ。

「トーマスさん！　ヨシュア様。丁度トーマスさんがいらっしゃいます」

「お、おお？」

俺の視力だと分からないけど、トウモロコシ畑の緑の隙間《すきま》からトーマスがこちらに向け手を振っているらしい。

トウモロコシは背が高くなるから、どこにいるやらだよ。

「ヨシュア様。しばらくぶりです」

「一か月ぶりくらいかな？　オラクルの農業・畜産は順調そのものだ。輸出の件も助かってる」

「ここまで順調なのはキャッサバという宝があったからです。不毛の地なんてとんでもない」

「農家の人をまとめてくれなきゃ、オラクルに農産物を供給することなんてできなかったんだ。トーマスがいてこそだよ」

トーマスと大工の棟梁《とうりょう》ポールは今でも俺主催の定例会に出てもらっている。

トーマスには農業・畜産の統括を任せ、ポールには街の建築関連を取り仕切ってもらっているんだ。

最初は人を率いていくということに慣れない感じのトーマスだったけど、今では立派に役目をこなしてくれている。

朴訥《ぼくとつ》で頼りない感じがするのが受けがいいと聞く。真っ向から対立するような意見を左右からぶつけられても、人柄でいなしつつ妥協点を見出《みいだ》すことにかけてはピカイチだ。

俺が帝国やらホウライに行っていたため、定例会をスキップしたりして彼としばし会っていなかった。

トーマスは統括者であるが、麦わら帽子によく日に焼けた肌、首に巻いた手ぬぐいと農作業にも精を出しているのが見てとれる。

今も農作業中だったのだろう。手には土が付着している。

そんな彼の手を取り、ギュッと握手を交わす。

ギョッとするトーマスだったが、にこやかな笑顔で返した。

「ヨシュア様……？」

「勤勉なことは良い事だけど、無理し過ぎないでくれよ。トーマスに倒れられると困る」

「は、はい。はいい。もちろんですっ！」

「休暇は大切だ。必ず取るようにして欲しい。他のみんなにもよろしくな。成果を出すために人が休んでいる間に働くという考えにならないように注視して欲しい」

言ったぞ。言ってやったぞお。

トーマスの手の泥は勲章だ。嫌な気なんてするわけないだろうに。

彼の手の汚れがオラクルの農業を支えているのだ。ありがたや。

しかし、それはそれ。これはこれ。休暇を取ることを世間に広めていかねばならん。

誰しもが当たり前に休暇を取るお国柄。俺の目指すところだ。領民の休暇なくして俺の休暇なし。

ヨシュア。心の俳句。

目に涙を浮かべたトーマスが落ち着くのを待ってさっそく本題に入る。

「農場は外へ外へ広げていくことができるから、広さは問題ないと考えているけど合っているかな？」

「はい。おっしゃる通りです。ですが、そろそろ大き目の管理所があればより便利になるのではといったところです」

「なるほど。種や農具を保管しておくようなところかな」

「はい。寄合所も兼ねたものにしたいなと」

「いいアイデアだと思う。農場も広くなってきている。農家の人は農場方面に家があるけど、最初の頃《ころ》の人は農場まで遠いものな。引っ越ししたい人がいたら認めよう」

「ありがとうございます！」

「農場・牧場の中に小屋や管理事務所を建てるのは問題ない。だけど、ずっと生活する家を建てるのはまだ控えて欲しい」

「そこは重々。勝手に住み着かぬよう目を光らせております」

農業も街が抱えている問題に似たようなことが起こっているんだな。当然と言えば当然か。

農業地域に民家を建てない方針を変えるべきか……そうなるとなあ、今のように計画的に街を作っていくことが困難になってしまう。

警備範囲も曖昧《あいまい》になるし、家を建てるにも建材を運ばなきゃなんないし。農地の中に思い思いに家を建てると道の問題も出て来る。

農業も畜産も荷物を運ぶ作業が必ず発生するものだ。農具やらを置いておく場所は今でもあるのだけど、収穫後に商業地区の倉庫まで持っていったりもあるからな。

大量輸送に対しては既に魔石機車の駅を作ることで対応している。

駅は農場エリアに入って徒歩五分くらい進んだ場所にあるので、駅周辺に物資を集積してから魔石機車で商業地区の倉庫まで輸送する手筈《てはず》だ。

農地が広がると駅まで運ぶのも大変になってくるよなあ。

「台車の改良を行う予定だから、完成したら試してみて欲しい」

「もちろんです！　いつも問題が深刻化する前に動かれる手腕。感動です！」

「本当は自走する台車みたいなものができればいいんだけど、技術的に作れそうになかったんだよ」

「ヨシュア様の頭脳はどこまで見通されておられるのか……」

軽トラがあれば全《すべ》て解決するんだが、無理です。作ることなんてできません。

列車を作ろうとなった時に車も作れるのか検証したんだよね。

結果は散々なものだった。

魔石機車はブレーキが申し訳程度にしか付いておらず、燃料の投入を調整し速度を落とし停車させている。

それだけだと、駅に停車させることは難しいので走るくらいのスピードになったらブレーキをかけ停車、という具合。

レールの上を走る列車なら、それでいいのだけど、車となるとそうはいかない。

レールを引《ひ》っ掻《か》けるようにしてブレーキをかけるのならまだしも、車体側でブレーキをかけるには工作精度が足りなかった。

もし、自動車の技術者がいれば何とかなったのかもしれないけど、俺とペンギンだけじゃ検証しつつ探っていくしかない状況である。

走らせるだけならできるけど、コントロールも利かないし止まれない。

事故が多発する未来しか見えないだろ？　というわけで自動車の導入は不可能と判断した。

「台車の改良とは……ワクワクしてきました！」

目を輝かせるシャルロッテに対し曖昧に笑った。

「台車の改良は難しいことじゃない……と思う。材料の目途が立ったことだしね」

「そうでありますか！　楽しみです」

ホウライから輸入しているゴムが鍵《かぎ》になる。

木製車輪からゴムタイヤに切り替えれば、運搬効率が上がるはず。

ゴムタイヤをどんな形で導入するか、はペンギンと相談中だよ。

農場からぐるりとオラクルの外周を回ってみた。オラクルには城壁が無いのでハッキリと街の外と中を隔てるものはない。

七万人を超える規模の街で城壁がないのは極めて珍しい……と思う。

街には何故《なぜ》城壁があるのだろうか？

それは防衛と治安の為《ため》である。当たり前と言えば当たり前……。夜の暗闇《くらやみ》に紛れて悪漢どもが街に侵入し、夜な夜な悪事を働く、なんてことも？

実のところ、悪事を働く人の侵入を防ぐためではなく、逃がさないようにする効果の方が高い。

盗みを働き、街の外のアジトへ逃走するためには城壁を越えねばならない。城壁を越えるのは目立ち過ぎるため、街の中に潜伏するというわけさ。

翌朝には検問で徹底的にチェックできるし、街の中を捜索だってできる。

じゃあ、防衛の役目を目的としていないのかってなると、こちらもまた重要なんだ。

聖教国家と周辺諸国では長い間戦争が起きていない。平和な世界万歳なわけであるけど、外敵が存在する。

そう、モンスターだ。

狼《おおかみ》や熊くらいなら「外敵」とまでは言えないが、モンスターとなると話が異なってくる。

モンスターは猛獣より強く、知性の高いものも多数いてさ。人里に現れることもある。

さすがに城壁を破壊して侵入してくるなんてことはないので、城壁があると安心だよね、というわけさ。

最近じゃ滅多にない（少なくとも公国では）が、飛竜の群れが襲来すると緊急事態になる。

城壁はあくまで地上から押し寄せる敵に対しての防衛を想定していて、空から来られたらあっさり突破されるのよね……。

地上戦しかできない我々に対し、空からなど辛《つら》いったらありゃしない。

万が一に備え、バリスタと呼ばれる大型の弓を用意していたりする街もある。

オラクルでも準備をしていたのだが、今では倉庫の奥底にしまってあるんだ。リンドヴルムの奴《やつ》が目を光らせていてね。

あいつ、同胞には甘くてさあ。バリスタが飛竜対策と知るや頭の中に声が響いて、うるさいのなんのって。

バリスタを引っ込めるかわりに飛竜を近づけさせないように約束をすることで一応の解決をした。

空を飛ぶモンスターは飛竜だけじゃないってのに。巨大な鳥も中々に厄介なんだぞ。

なので、バリスタを廃棄せず使えるようにはしている。

話が横道に逸《そ》れてしまったが、オラクルはどこまでが街と判断することは難しい。

なので、大通りが途切れて二百メートル先くらいを目安に回ってきたんだ。

直進で中央大広場まで到着できるのは我ながら良くできた街だと思う。八本ある大通りまで出さえすれば、最短距離で中央大広場まで行けるのだから。

馬車も悠々と通ることのできる道ってのも良い。

「いかがでありましたか？　閣下」

「徒歩で荷物を持ったまま、端から中央大広場まで行くとなるとそれだけで大仕事になってしまいそうだな」

「一時間くらいはかかりそうでありますね」

「いやいや、一時間半は余裕だろ」

人口規模七万人の街となれば、中央から十キロ四方に広がっているくらいじゃないかな。

この先、外からの人口流入で急増することはなさそうではあるが、緩やかに人口が増加していく見込みである。

更に中央まで遠くなったら、商店街まで来るにしても大変だよ。

「馬車駅を導入いたしますか？」

「馬車用に道を引くのもいいよな。でも、せっかくなら、カガクトシらしいものでもいいかなってね。馬は馬で管理が結構さ」

「竜車にいたしますか！」

「あ、いや。同じことだろそれ……」

爬虫類《はちゅうるい》大好きのシャルロッテに火を付けてしまったらしい。

ダチョウより一回り大きいくらいの騎乗竜という生物がいるんだよ。馬より維持費はかからなくて乾燥にも悪路にも強い。

問題は馬より繁殖が難しく、増え辛いことなんだよね。

生産コストが馬の数倍するし、馬よりは「多少良い」程度の品質だから連合国ではあまり見ることはない。

乾燥地帯だとラクダじゃなくて騎乗竜が馬車を引っ張っている。ラクダは恐らくこの世界にはいない……確信は持てないけどね。

◇◇◇

あれから二か月余りが過ぎようとしている。

夏が過ぎ、再び収穫祭の時期が近づいてきた。俺はと言えば相も変わらず政務に追われる日々だ。

ええとあと一年くらいだっけ……？　約束の三年まで。良く分からなくなってきた。不味《まず》い、不味いぞ、この状況。

しかし、街の運営は安定してきたし、連合国としての体制も固まりつつある。

もう一歩、もう一歩だぞ。俺。

愚痴はこのくらいにしておいて、今日はいよいよ待ちに待った実証実験の日なんだ。

この後、ホウライにも行かなきゃならないし、盛りだくさん過ぎる日々はいつものことである。

「いよいよじゃな」

「ですな、ですな」

職人のガラムとトーレも興奮気味だ。しかし、お酒は手放さないところは彼ららしい。

鍛冶《かじ》場から徒歩で十分くらいかな。屋敷と鍛冶場を結ぶルートに実験用の路線があるのを覚えているだろうか？

魔石機車を実験した際に作ったレールがそのままに放置されている。屋敷から鍛冶場に向かうだけで魔石機車を動かすにはコストに見合わな過ぎるだろ。

しかし、この線路は魔石機車の改良実験に今でも使用されているのだ。

そんな魔石機車の路線に沿うようにしてアスファルトが敷かれ、一本のレールが延びている。

そのレールは列車のレールと異なり、地面に埋まるような形で作られていた。

プアアアア。

汽笛の音が響き、軽トラックの運転席部分のような機関部の後ろはトロッコが引っ付いているという独特な姿をした乗り物の姿が大きくなってくる。

横幅は馬車より若干小さいくらいでトロッコ部分は荷台にも人を乗せることもできるようになっていた。

魔石機車に比べるととても小さい。そうだなあ。通勤用のバスくらいかな。

正面から見ると中央部分がレールに固定され、左右にはゴムタイヤがついている形だ。ゴムタイヤは一定間隔で取り付けられ、見た感じちゃんと回転して滑らかに動いている。

目の前に来たところでギギギギギと金属音を響かせ小さな列車が停車し、ルンベルクとアルル、そしてペンギンが運転席から降りて来た。

「ヨシュア様。このような名誉を賜り、恐悦至極に存じます」

「喜んでくれたのなら嬉《うれ》しいよ」

「職人の皆様。そしてなにより主であるヨシュア様を差し置き……」

「いやいや。動くまではガラムとトーレが腕によりをかけてくれた。それに、何が起こるか分からないだろ。そうなったら一番しっかり者のルンベルクの出番だよ。アルルは一番身が軽いし、ちゃんと考えてメンバーを選出しているんだ」

長々と口上が続きそうだった彼の言葉に被《かぶ》せるように捲《まく》し立《た》ててしまう。それでも、彼は胸に手を当て深々と頭を下げてくれた。

「ペンたんはアルルが護《まも》るから」

彼の後ろからピョコっと顔を出して、アルルが抱っこしたペンギンをぎゅっとする。

「ペンギンさん、どうだった？　ゴムタイヤ式路面機車は？」

「問題ない。ゴムの精度が心配だったが、これなら耐えうる」

「おお。耐久性のチェックは一路線だけ開通させて様子を見ながらがいいかな？」

「そうだね。スピードを抑え、万が一にも備えるようにしようか」

よしよし。いい感じだ。

「また変わったものを作ったのじゃな」

「いつの間に乗っていたんだよ……」

さっきまで背後にいたはずだったのに、狐耳《きつね》が両腕を組み「ふふん」と鼻息荒くこちらを見下ろしている。

どこからかって？　ゴムタイヤ式路面機車の屋根の上だよ。

彼女は尻尾《しっぽ》をピンと立て、自慢気にうそぶく。

「キミが宗次郎《そうじろう》に夢中になっている間にじゃな」

「俺に見られないように裏側からよじ登ったのか。そんな涙ぐましい努力をしなくても」

「何を言っておるんじゃ？　ボクがなんでわざわざ裏側に回らねばならぬ」

「お、おい」

止めるのも聞かず、セコイアはひょいっと車両の屋根から飛び降りる。

華麗に着地した彼女は膝《ひざ》を折り、飛び上がった。

車両より一メートルほども高く跳躍した彼女はスタッと車両の上に降り立つ。

「とまあこんなところじゃ」

「忘れてたよ。普通じゃない身体能力ってことを」

「そうかの？」

「ルンベルクとアルルは、ほらまあ、達人だし？」

すると俺たちの会話を聞いていた本日の護衛がすっと前に出る。

長いストレートヘアに前髪をビシッと揃《そろ》えた彼女は我らのメイド、エリーだ。

「ヨシュア様。僭越《せんえつ》ながら、私がお運びします」

「い、いや。屋根の上に登りたいわけじゃないから」

バルトロ以外のハウスキーパーにセコイアとペンギン。それにガラムとトーレまで揃うと賑《にぎ》やかだなあ。

こういう和やかな雰囲気って結構好きだ。

エリーといいちゃついているとでも思ったのか、セコイアが屋根の上から飛び降りこちらを見上げて来る。

「して、ヨシュア。小型の魔石機車かの？　こやつは」

「仕組みは似たようなものだよ。小型化して枕木の上にレールを敷くのではなく、地面に埋め込む形にしたことで接地面もコンパクトにした」

「魔石機車は結構な幅をとるからの」

「必要な魔石もかなり少なくなったんだよ。そのためのゴムタイヤなんだ」

「ほう。ゴムタイヤとはこれかの。魔石機車に比べ揺れがなかったのお。魔石機車は荒地を走る馬車よりはマシくらいじゃからの」

「おお、揺れが少なくなったか！」

「街を走る馬車よりも断然揺れが少ないの。割れ物も運べそうじゃぞ。乗っていても快適じゃ」

「工夫した甲斐《かい》があったな」

「分かったぞ。馬車に使ったサスペンション？　じゃったか。あれを応用したのじゃろ」

「そんなところだよ」

街中を走らせる路線バスの代わりになるようなものを開発したかったんだ。

魔石機車を小型化することは難しくない。しかし、曲がったり、細かな動作を行うことは困難である。

頭の中で考える際路面電車にしろバスにしろ馬車にしろ、交差点を意識していたんだ。その考えをガラリと変えるのに時間がかかってしまった。

二か月前、街の様子を見て回っただろ。街の端まで大通りが延びていて直線だった。

そこで閃《ひらめ》いたのだよ。曲がらなきゃ問題ないんじゃないかって。

大通りを進めば中央大広場に来る。大通りは相当に広い道にしているから、馬車一台分程度を走らせてもまだまだ余裕があるんだよ。

もし難しそうなら、強引に真っ直《ます》ぐな道を十字に開通させるしかないかなあと思ってた。

これだけ小型化でき、レールも邪魔にならない感じだったら大通りを走らせても問題なさそうだ。

「ヨシュア様。小さな機車は何と呼べばいいの？」

「そうだなあ」

アルルのふとした疑問に首を捻《ひね》る。

ここは、そうだな。じとーっとアルルに抱かれたままのペンギンを見やる。

するりとアルルの手からすり抜けたペンギンがくわっと両フリッパーを上に掲げた。

お、おお。こいつは名案が浮かんでいるのか？

「路面機車でどうかね」

「そのまんまだった……」

「ヨシュアくんに案があるのなら、君の案が望ましい」

「ん、んん。路面機車でいいか」

ペンギンに突っ込んでおいてなんだが、俺も何も浮かばなかった。

俺にネーミングセンスを求められましても。

「名前はいいとして、せっかくなら親しみやすい見た目にしてみたらどうじゃ？」

「そうですな。気球や飛行船のようにするのも良いかもしれませんな」

職人二人が妙案を出してくれた。

魔石機車は無骨な見た目をしているけど、街中を低速で走る路面機車は親しみやすい感じの方がいいかもしれない。

気球はペンギンカラーで、飛行船はクジラのように装飾したんだよな。

特に飛行船の見た目は受けが良くて、子供たちに大人気だ。魚が空を飛んでいるってね。

魚じゃないんだけど、海のないオラクルやローゼンハイムの人たちがクジラを見たことがあるわけがなし、仕方ない。

そういえば、俺もこの世界でクジラを見たことがなかった。

でも、バルトロが知っていたからクジラはいるはず。彼ってああ見えて結構絵が上手なんだぜ。

飛行船のクジラは彼のイラストを基に作っているからね。

「ペンたんにするの？」

「それもいいな。ペンギンさんがいいなら」

「機車とペンギン……私は別に構わないが、路線によってカラーを決めた方が分かりやすい」

アルルの意見にも真剣に返してくれるペンギンである。

あ、確かに。

今回は小型機車路線を一本だけというわけじゃない。街の交通を支えるべく導入するわけだから……。

日本の地下鉄みたいにカラーリングで分かりやすく区別するのは良い案だ。

それぞれの小型機車をラッピングするかあ。

「ん？　アルル」

「ヨシュア様。乗らないの？」

「お、おお。そうだった。すっかり待ち構えていたのを忘れていたよ」

「運転はお任せを」

アルルに代わってルンベルクが力強く宣言する。

屋根のある運転席部分にはルンベルクとアルルに乗ってもらって、残りは後ろに乗り込む。

「ここからの酒もいいものですな」

「そうじゃの」

ずっと飲んでいる職人二人。

揺れで乗り物酔いしないか心配だよ。でも彼らにとって成果物を見ることは打ち上げみたいなもんなんだろうな。

路面機車を完成形に持ってくるまで相当頑張ってくれたんだ。飲むななんてことは言わないさ。

プアアアア。

ルンベルクが汽笛を鳴らす。このサイズだと汽笛ってのも似合わないかもしれない。

笛……うーん。音を鳴らすのは「危ないぞ」って意味合いもあるから、聞こえなきゃ意味がないからなあ。

難しいところだ。

腕を組んで唸《うな》ったところで小型機車はゆっくりと動き始めたのだった。

「おっと」

さすがに安心し過ぎたか。よろけて背中がエリーの胸元へダイブしそうになるところを手すりを掴《つか》んで元の姿勢に戻す。

中央で座って宴会をしている職人二人はともかく、セコイアもエリーも加速時の揺れにはビクともしていない様子。

重心が安定しているんだろうな。二人とも。エリーなんてペンギンを抱っこしているってのに。

「スムーズに進んでいるな」

「そうだね」

ペンギンも小型機車の進み具合にご満悦のようだ。彼が乗車するのは二度目だけどね。

計画から携わったものが完成したんだ。嬉《うれ》しさはひとしおだよな。俺もそうだよ。

「ゴムタイヤがどれくらい持つか、様子を見つつ本数を増やしていく感じかな」

「路線を増やすのにも工期がそれなりに必要だ。工事が完了する頃《ころ》には結果が出ているんじゃないのかね」

「確かに。淀《よど》みなく工事を進めることにしようか」

「資材やらの調達も大変だろうが、私もタイヤの摩耗については協力するよ」

流れゆく景色《けしき》を見ながら、ペンギンと同じように悦に入《い》る俺であった。

第三章　がおー

走り出したと思ったらすぐ終わりになる……検証用路線だから短いものな、仕方ない。

もう一度路面機車に乗りたいなあ、なんて考えている間に月日が過ぎていく。

路面機車路線は一本目が完成し、二本目に取り掛かっている最中だ。俺はまだお楽しみのお預け中である。

そして、「やった！　政務が片付いた」と喜んでいた昨日《きのう》の俺、元気ですか？

今日の俺は空の上です。

同行はシャルロッテにセコイア、そしてリッチモンドだ。

「……であります」

「了解。ありがとう」

相変わらず元気一杯のシャルロッテに対し会釈する。

「ヨシュア様の掲げられた六本柱は順調に推移しているであります」

「やっとここまで来たかあ」

六本柱とは街の運営を滞りなく進めるための六つの項目「商業、住宅、交通、教育、娯楽、治安」のことだ。

懸案事項だった交通も路面機車路線の開通で解決の見込み。

娯楽施設は公衆浴場に加え、劇場も完成した。もう一つ、俺の提案で競技場付きの公園が建設中である。他にもいくつか完成予定で……そうだ。一部の道に街路樹も植え始めていて、春になるのが楽しみなんだよね。ふふふ。

技術開発は引き続き進めているし、プラスチック製品に至ってはもう市場に並んでいる。

六項目全《すべ》て順調。市政は一旦《いったん》落ち着いたと見ていいか。

「懸案事項はございますか？」

「シャルや俺がどこまで市政から手を引けるか、だな。国政と市政の官吏は分けたい」

「全て手を引くのは混乱を招くかと。決裁・確認が必要な案件の仕切りを定めるのがよろしいかと愚考するであります！」

「やっぱり、その辺が落とし所だよな」

しかし、じわじわと市政側での決裁レベルを上げていき、いずれ……グフフ。

緊急事態以外は対応しなくて良いところまで持っていきたい。

国政も公国側はある程度まとまってきているし、辺境側も人が揃《そろ》い、みんな仕事に慣れてきた。いいぞ、いいぞ。

そろそろハンモックを準備すべきだな。

「いやらしい顔をしておるところ、すまぬがそろそろホウライに入ったのじゃ」

「いやらしい顔って失礼な」

人が悦に入っているってのに、お邪魔虫の狐《きつね》が絡んできた。

しかも何を想像しているのか頬《ほお》が緩んで涎《よだれ》が出てきそうな体たらくである。

「ボクのあられもない姿を夢想しておったのじゃろう。構わぬが実際に見たほうが良いのじゃないのかの？」

「それは絶対にない」

「何をお！　そ、そうか。分かったのじゃ。男の姿を……」

「何でそうなるんだよ！」

「覗《のぞ》きの一つもせんキミがか。やたら宗次郎《そうじろう》やバルトロと風呂《ふろ》に行く割に」

「たいていは一人で入ってるって。たまには誰《だれ》かと入りたくなるだろ」

「ふむ。ならば……」

「セコイアと入ったら、ゆっくりと浴槽につかれないからダメだ」

「むきぃぃー」

「ちょ、舵取《かじと》り、舵取り！」

「問題ない。その程度で乱れるわけがなかろう」

「さすが、大魔術師」

「褒めて良いぞ」

よおし、なでなでしてやるぞお。

……そうではなく、ホウライに入ったんだったな。

政務を片づけたので、視察に行きたかったホウライにようやく向かえたってわけさ。今回はセコイアに活躍してもらわないといけないからね。なでなでしたらご機嫌になる狐はちょろい。

「リャウガ川に向かってくれ」

「どこじゃそこは」

「ユマラに出会った近くにあった川だよ。リッチモンドに頼んでくる」

「もう伝わっておるから問題ない」

「聞こえてたってことね」

「然《しか》り、じゃ」

俺以外のスペックが高過ぎ問題は今更なのでもはや何も言うまいて。

操舵《そうだ》席にはリッチモンドと普段飛行船を運航してもらっているスタッフを一人連れてきている。

乗船前にリッチモンドへ航路を伝えているので、迷うこともないだろう。

じゃあ何で「リャウガ川へ向かえ」なんて言ったのか。な、何となくカッコいいかな……なんて思って……。

リャウガ川に差し掛かったところで低空飛行に切り替える。

双眼鏡から覗き込む景色《けしき》に息を飲む。

数キロはあるだろうコンクリートの堤防に、人工的に作られた支流。支流の先にはいくつかのため池も見える。

上流にコンクリートの製造拠点を作り、そこから川を下って、人手は飛行船で運び、工事現場に人員を配置していたと聞いていた。

飛行船は大活躍らしく、人・モノ・専門家による上空からの考察……と様々なことに活用されていると報告を受けている。

活用の証拠に発着場らしき箇所もあるじゃないか。

「素晴らしい」

「工事の進捗《しんちょく》率が凄《すさ》まじいですね。春までに完了するかもしれません」

そっちか！

別のことを考えていたなんて、シャルロッテの前で言えるわけがない。

「……うん。そうだな。目標は今年度で四割だっけ」

「はい。三十八パーセントが目標と計画書に記載されているであります！」

「護岸工事はほぼ完了しているのかな」

「地図を確認するであります」

「いや、ジョウヨウに寄ってイゼナに聞いた方が早い。リャウガ川の視察を続けよう」

護岸工事を行うといっても流域の全てに対しコンクリートの堤防を作るわけじゃないからな。

ホウライでは過去に何度か治水工事を行っていた。なので、どの場所を強化すればよいのかは調査済みである。

コンクリートで固める作戦は上手《うま》く行っているようで何よりだ。

ダムや堤防といえばコンクリートというイメージがあるが、話はそう単純なものではない。

コンクリートを固める魔法。これこそが秘訣《ひけつ》なのである。

ホウライで使用しているコンクリートはオラクルで使っているものと同じものだ。地球風に表現するとローマンコンクリートというものになる。

ローマンコンクリートは現代日本で使っているコンクリートより固まるまで時間がかかるが、その分、劣化し辛《づら》いと聞く。

いくら固まれば水を通さぬ頑丈なコンクリートでも固まる前に水に飲まれると役に立たないのだ。

「竹林があるのお。ヨシュアが指示したのかの？」

「余裕があれば……と言ったけど、あ、あれか。自然のくぼ地に水を流したら竹が生えました、な感じにも思える」

「意図的であれそうでないであれ、丁度良い」

「ユマラと交渉できそうかな？」

「うむ。同じようなものを作る、として交渉しようではないか」

「飛び降りるなよ。あるだろ、発着場が」

「コンクリートの広場があるのお」

「広場じゃない、あれは発着場だ。いいな、発着場があるんだぞ」

念を押し、絶対にハッチまで連れて行かれるものかとセコイアを後ろから羽交い絞めにする。

◇◇◇

リャウガ川流域のとある発着場へ着陸した。

もうダイブはしない。狐は面白がってあえて必要ない場面でも飛行船から飛び降りているんじゃないかとさえ思えてきた。

着陸するやセコイアと二人で森の中に入る。歩いて二十分くらいのところで立ち止まり、切株に腰かけたところで今に至る。

「何じゃ？」

「いや、ここで待ってればユマラはくるんだよな」

「この場まで駆け付けるにはなかなかに距離があるからの」

「どれくらいあるんだ？」

内心を悟られたとドキリとしたが、いかな大魔術師でも心の中で考えていることまで読めるわけがないかと、考え直しホッとする。

「そうじゃのお」

ピクピクと耳を揺らすセコイア。

右手の人差し指をピンと立て、目を瞑《つぶ》る。

「およそ百五十キロと言ったところかの」

「それ、日が暮れるんじゃ……」

「そうでもない。せいぜい三十分かそこらじゃろ」

「ええぇ……道もないところを百五十キロだぞ」

「あやつらにとって庭みたいな場所じゃ。移動に支障はなかろうて」

高速で移動するパンダ……想像もつかねえ。いや、パンダじゃなくユマラだったな。

パンダってずんぐりしていて、いつもゴロゴロしている姿しか映像が浮かばない。

あとは竹をむしゃむしゃしていたり、木の上で寝そべっていたり、くらいか。

歩く姿も動画で見たことがあるけど、のっしのっしとゆっくりとしたものだ。

ガサガサ。藪《やぶ》が動く。

「お、来たか」

立ち上がるが、セコイアに押しとどめられる。

首を横に振った彼女が俺の膝《ひざ》に座った。

そうこうしているうちに藪から黒っぽい何かが姿を現した。

ユマラ？　いや、似てはいるけど違う。

「あれ、熊じゃ……」

「そうじゃな」

「ひええ。ほら、追い払って。野生児パワーで」

「なんじゃそれは……」

逃げようにもセコイアが膝の上に乗っているから動けない。

漆黒の毛皮に頭に角が生えた熊がグルルルとこちらを威嚇しているではないか。

しかも、大きいぞ。こいつ。サーベルタイガーのような長い牙《きば》からして、肉食で間違いない。

「グアアアアア」

「ぎゃああ」

なんて咆哮《ほうこう》だよ！

喰《く》われる。喰われるってば。

だと言うのにセコイアは微動だにせず、腰を浮かそうとする俺をきっちり押さえ込んでいる。

「ゲラ＝ラが喜びそうじゃの」

「肉食動物の肉は余り美味《おい》しくないって聞くけど……じゃなくって、獣を統べる者なんだろ。遊んでないで早くう」

そこへ白と黒のあいつがやって来た。そう、ユマラだ。

パンダとの見た目の違いは右耳がピンク色ということだけ。ただし、パンダよりサイズが大きい。

黒い熊のようなモンスターはユマラにターゲットを変え、ひときわ大きな声をあげる。

「グルウアアアア」

「がおー」

対するユマラは気の抜けた声……。

「セコイア。早く。ユマラが」

「一角熊なら問題ないじゃろ」

「熊の方が大きいって！」

「全く……いざとなれば手助けする」

対峙《たいじ》する熊とユマラ。睨《にら》み合っていた二体だったが、先に顔を逸《そ》らしたのは熊の方だった。

熊はくるりと踵《きびす》を返し、森の中へ消えていく。

あの気の抜けた鳴き声に熊の方がビビったと言うのだろうか……。

「久々に理解できないシチュエーションを見た……」

「何を言っておるんじゃ？　ユマラと一角熊の内包する力を比べれば一目瞭然《いちもくりょうぜん》じゃろ」

「内包する力って。俺にはステータスを見る力なんて無いってば」

「ステータス？　なんじゃそれは」

「能力を数値化した表みたいなもんだよ」

「ほう。そいつは面白そうじゃな。魔力密度の件も興味深かった。数字で示すと分かりやすいの」

「だろ？」

「そうじゃな。魔力密度３」

「５だと言ってだろ！」

何度目だよ。このネタ。もはや様式美と言ってもいい。

体を鍛えたら魔力密度も上昇するとかそこの狐がのたまっていたな。いつまでも魔力密度５だと思わないことだ。

「そのままじゃと本当に3になるぞ」

「え……ええ。ちゃんとペンギンさんを持つ運動をしているって」

「そうは見えぬがな」

「あ、ほら。ユマラを待たせちゃダメだろ」

旗色が悪くなってきたから、話題を変えたわけでない。

熊を追い払ってくれたユマラに感謝を述べ、交渉を始めねばならぬからな。

「して何を伝えるんじゃ？」

「まずは感謝を」

「うむ。伝えたぞ」

「ゴロゴロし始めたんだが……」

「気にするな、ということじゃ」

「お、おう……」

動物が腹を見せるのは降伏や親愛の証《あかし》のどちらかと聞くが……リラックスし過ぎじゃないだろうか。

地面に寝そべったユマラは腹を上に向け、右の後ろ脚を上にあげ、降ろしと遊んでいるようにしか見えない。

ユマラって足にも鋭い爪がついているんだな。あの爪を使って木の上に登るのかも。前脚の爪も長く鋭い。

「竹林も作るようにするので農作業を手伝ってもらいたい。農作業でどのようなことをするのかは直接イゼナを交えて交渉したいんだけど」

「ふむ……伝えたぞ。（交渉に）付き合うのは構わぬが、ちゃんと食事を準備して欲しいと言っておる」

「そこは問題ない。実験農場にも竹があるから」

「すぐに行こうと言っておる」

むくりと立ち上がったユマラが目を輝かせた気がした。

「がおー」

やる気を見せたのだろうけど、全然そんな感じがしない……。ユマラの鳴き声って脱力するんだよな。

ゲラ＝ラやユマラみたいな人間並みの知能を持つ人型以外の生物って、どれもこんなのなのだろうか。

食べ物に一直線というか、交渉材料が食べ物以外にはないとか、そんな感じ。

さすがに超生物たるリンドヴルムは違うだろうけど、他にも聖獣だっけ？　人間並みの知能を持つ獣がいるらしいけど、似たような感じなのかもしれない。

今後もこういった生物と交渉をすることがあるかもしれないので、覚えておくことにしよう。

雷獣も甘い食べ物で協力してくれたよな、確か。

「ん」

ユマラが俺の服の袖《そで》を甘噛《あまが》みして引っ張って来る。

「乗れと言っておる」

「乗って大丈夫なのか……」

「ヨシュアとボククらいなら問題ないじゃろ。キミに歩かせると遅いから、とのことじゃ」

「百五十キロを移動してきたんだったか」

「そうじゃの。ここから飛行船までなどユマラにとっては散歩にもならぬな」

「じゃあ、有難く。乗せてもらおうか」

「うむ」

セコイアがユマラの首元に、俺が彼女にしがみつくようにして後ろに乗る。

「がおー」

一声鳴いたユマラが歩き始めた。

振り落とされないようにしっかりと掴《つか》んでおかなきゃな。

「は、速い。も、もっとスピードを落としてええ。落ちる。落ちるう」

「相変わらず……じゃの」

こんなことならロープを持ってきておけばよかった。


「あ、あのお」

「し、失礼しました、であります！」

「飛行船の壁を壊されたら一大事だものな。目を離さないのは悪いことじゃない」

「力持ちなんでありますか！」

飛行船にパンダことユマラを連れて帰ったのだが、シャルロッテが頬《ほお》を紅潮させじーっと奴《やつ》を見ている。

ユマラことパンダだっけ？　まあ、どっちでもいいや。

左耳がピンク色のパンダがユマラである。

シャルロッテはしばらくの間ダメかもしれない。さっき、俺とセコイアを乗せて飛行船まで戻って来たと言ったところだってのに、まるで初めて聞くみたいに「力持ち」とか言っているんだもの。

「シャルって。爬虫類《はちゅうるい》好きなんじゃなかったっけ」

「爬虫類とは、どのような生物群でありましたか」

「ドラゴンとかトカゲとか、ニクニクとか」

「ゲラ＝ラ氏のような生物でありますか？」

「うんうん。それそれ。仮装の時にもドラゴンの鱗《うろこ》を使った鎧《よろい》を着ていたじゃない」

「はい！　雄々しくて物おじせず、悠々と空を駆けるその姿、憧《あこが》れであります」

ゲラ＝ラがふよふよ浮いていても勇壮さなんて微塵《みじん》もないんだが。人の好みは様々だからな、うん。

シャルロッテの爬虫類好きに助かっているところもある。彼女は毎日、ゲラ＝ラのお世話を欠かさないし、彼もシャルロッテになついているものね。

そんな彼女がユマラにぞっこんなんて、意外だった。

一方のユマラであるが、大物ぶりを発揮している。彼からしたら俺たちの縄張りである飛行船の中だというのに、寝っ転がって後ろ脚を上にあげたり下げたりして完全なリラックスモードだ。

「可愛《かわい》いか、あれ……」

「ヨシュア様には愛らしく見えるのですか？」

「違うの？」

「自分は雄々しさに惹《ひ》かれるであります」

「あ、うん……ジョウヨウに到着したら交渉事もあると思うから頼む」

「承知いたしました！」

忙しい彼女を連れて来たのはジョウヨウとの決め事や進捗《しんちょく》連絡もあるからである。

ユマラとイゼナたちの交渉事はセコイアに通訳をしてもらって進めるとして、連合国とホウライに関してはシャルロッテの出番になるだろう。

「あ、そうだ」

この場にエリーかアルルがいればお願いしたのだけど、生憎《あいにく》連れてきていない。

奥のストックヤードから、リンゴを掴んで戻って来る。

試しにユマラの前に置いてみたら、彼はお座りして右前脚でリンゴを掴む。

スンスンと匂《にお》いを嗅《か》いだ彼はあんぐりと口を開け、リンゴを齧《かじ》る。

「がおー」

どうやらお気に召したらしい。竹だけを食べるのかと思っていたが、リンゴもいける様子。

しかし、食べられるからといっていくらでも与えていいのかは悩みどころ。

そんな時は野生児の出番だな。

「いっぱい与えても大丈夫なのかな？」

「ユマラをペットか何かと勘違いしておらんか？」

「自分で節制はできるってことかな」

「リンゴは甘いからの。大抵の草食は好む」

「肥満になったり、虫歯になったら困るよね」

「ペットとは異なると言っておろう」

本当かなあ。ニクニクの姿を見ていたら、ペットとそう変わらない気がするぞ。

満腹になるまでいくらでも食べる。

リンゴが気に入ったのか、ユマラがじーっとこちらを見ているじゃないか。

「リンゴがもっと食べたいらしいぞ」

「そうみたいじゃの」

「ユマラは何かを訴えかけてきてる？」

「今、ユマラと会話はしておらぬ。態度を見れば分かるじゃろ」

「ペットじゃないか……」

「違うと言うておるじゃろう」

セコイアと会話をしていたら、お座りしたユマラが歩き始め俺の服の裾《すそ》を前脚で引《ひ》っ掻《か》く。

これが知性ある動物のやることなのか？　わ、分かった。分かったから、引っ張るなって。

渋々とリンゴをバスケットに詰め込めるだけ詰め込んで、ユマラに与える。

すると、彼は満足したようにお座りして両前脚でリンゴを掴み、むしゃむしゃと美味《おい》しそうに食べるのだった。

「ほう……」

「どこに感心するところがあるんだ？」

「そのうち分かるじゃろ」

「リンゴが気に入ったことは分かるけど……」

両腕を組み感嘆の声をあげるセコイアに尋ねてみるも、俺には何が起こっているのか分からない。

いずれ分かると言うが、たぶんくだらないことだろうから秒で忘れてしまうことにするか。

電気の時に雷獣へ協力を仰いだ。

雷獣は甘い物好きという可愛《かわい》らしい一面があったが、猛獣という感じがして威厳があった。

ユマラはこう、何と言うか鳴き声も含めて何とも言えぬだらけた空気になる。

こう見えて熊を追い払うとか、強そうなところはあるのだけど、今のユマラの姿からじゃあ「強そう」なんてとても想像できない。

「大人しくて人懐っこい。一緒に仕事をするには悪いことじゃないよな」

「ユマラは盟約の概念を理解する。人間が約束を違えなければ問題ないじゃろ」

ユマラがリンゴを完食する頃《ころ》、ジョウヨウに到着した。

◇◇◇

電話やメールで気軽に連絡ができない環境だから、飛行船が着陸すると大騒ぎになる。

俺が自らジョウヨウに来たことで、てんやわんやになってしまって少し申し訳ない気持ちになった。

「政務もある中、お越しいただきありがとうございます」

「何をおっしゃいますか！　ヨシュア様自ら来訪してくださるなどこの上ない喜びです」

中華風の姫のような装いのイゼナが顔を綻《ほころ》ばせる。彼女の数歩後ろで着流しのクレナイが目を光らせていた。

その他にもジョウヨウの騎士らしき人たちが護衛に当たっているようだ。

俺と寄り添うようにしてセコイアが付き添ってくれている。今回は彼女が俺の護衛を兼ねているので、近くにいてもらわないと。

ジョウヨウのがちがちの護衛がいるので、セコイアがいなくとも問題ないとは思うが、それはそれ。やるべきことはちゃんとしておかなきゃならないんだ。

国家間のお付き合いって中々に面倒なんだよね。

「実験農場は壁の外になります」

「米の生育はいかがですか?」

「それは、実物をご覧になってみてください」

イゼナの表情からすると、悪くない感触だ。

牛車《ぎっしゃ》に乗るように促されたけど、敢《あ》えて歩くことにした。ジョウヨウの街は見ていて飽きないし。

ひょっとしたら、まだ見ぬ食材を発見できるやもしれないから。

セコイアの鼻を頼りにしよう。

「なんじゃ?」

「いや、何でも」

「その顔。何か思うところがあるのじゃろ。それも失礼な方向で」

「そんなことはないって。シャルとユマラを待たせているだろ。セコイアが指示したら来てくれるんだよな?」

「うむ。牛乳娘を背に乗せ、駆け付ける手筈《てはず》じゃ」

「実験農場に到着してから、お願いするよ」

「ふふん」と自慢気に鼻を鳴らすセコイアである。

その鼻、しかと活用してくれよ。

「お、この香りは」

「香り?」

「甘い果実じゃな」

「ほうほう」

素晴らしい。早速反応したじゃないか。

俺にはまだ感じ取れない。どっちの方向かセコイアに示してもらうと、都合の良いことに進行方向だった。

間もなく、セコイアの反応した匂《にお》いが俺にも分かったぞ。

この甘い香り……。

俺の様子に気が付いたイゼナがすっと横に並ぶ。

「桃の香りがお気に召しましたか？」

「桃だったんだ。いくつか持っていきたいのですが、よろしいですか？」

「もちろんです」

イゼナが目くばせすると、クレナイが反応し籠《かご》一杯に桃を入れてくれることになった。


田んぼだ。まさしく田んぼがここにある。

水稲があるのは知っていたし、栽培されているのだから共和国から輸出されていることも把握していた。

田んぼ一つが目測で五十メートル四方くらいだから、農場全《すべ》てとなると五十ヘクタール近くあるんじゃないだろうか。

十ヘクタールで三百メートル四方くらいだったかな。それの五倍となると、実験農場と呼んでいい規模なのか悩むところだ。

これほどの面積を耕そうとすれば、農家の人が十人やそこらじゃ不可能だと思う。ここには農業機械なんてものはなく、全て手作業になるのだから。

田んぼがあるだけじゃないぞ。水稲が実り、黄金色に染まっている。そろそろ収穫時期と言ったところ。

「見事に実っていますね」

「竹もございます。十五パーセントほどは竹林です」

イゼナの向いている方向を追ってみると、竹が密集して生えている部分があった。

「初めての試みで大豊作じゃないですか！」

「レーベンストックの方々があってこそです。彼らをジョウヨウに招き、一から十まで教わることができました。感謝してもしきれません」

顔を綻ばせるイゼナだったが、何だか含んだようなスッキリしない感じがする。

そんな彼女に替わってクレナイが前に出て片膝《かたひざ》を突《つ》く。

「殿。殿の、え、ご懸念？　通りです」

「田んぼ作りがやはりネックだったか」

「然《しか》り」と頭を下げるクレナイ。彼に同意するように目を落としたイゼナが続きを述べる。

「おっしゃる通りです。小麦畑を作る労力に比べ、軽く十倍は。慣れも考慮したとしても数倍以上はかかる計算です」

「ユマラに協力をしてもらえるとしたらどうですか？」

「素晴らしいです！　まだまだ一部のみでの活躍に留まっておりますが、彼らの協力があれば田を増やす手間が小麦畑を増やす手間と同程度になります」

「おお！　ユマラの数が増えれば小麦並の労力でいける計算ですね」

「後は『慣れ』の部分ですね。小麦と稲作では勝手が違います」

田んぼを作るには小麦より多くの水源が必要だ。田んぼに水を張らなきゃならないからなあ。

「これを」

クレナイから書類を受け取り、パラパラとめくる。

ほう。治水工事は大成功とのこと。コンクリートで固めたら、これまでのような決壊もなく順調そのものなのだって。

更に飛行船を利用することによって、従来型の治水工事に比べ、三倍ほどの速度で進んでいるらしい。

なので、当初数年かかりで実行する予定だった治水工事が粗方済んでいる。リャウガ川は今年度だけでほぼ完成の見込みで、もう一方のミャウガ川にも手を伸ばしていく予定となっていた。

リャウガ川から人工的な支流の引き込みも進んでいて、人の手で周囲に水を溢《あふ》れさせることもできそうだとのこと。

「小麦と水稲。どちらが効率よく作れるのか……という問題に対する答えはとっくに分かっていたことじゃないか」

小麦と水稲、どちらも作ることができる気候や土壌ならば小麦の方が効率がいい。

ローゼンハイムで実験した時に答えは既に出ている。

しかし、ホウライにおいては土壌の問題があるんだよな。自分の考えをまとめるかのように独り呟《つぶや》いた後、セコイアに目くばせする。

ん？　セコイアが首を左右に振っているじゃないか。ついでにふさふさの尻尾《しっぽ》まで首の動きに合わせるかのように。

「もう来ておるぞ」

「え？　いつの間に」

「ボクらが農場に到着した後に呼んだのじゃ。都合が悪かったかの？」

「いや、街の外に農場があると分かった時点で呼んでくれても良かったくらいだよ」

「ふむ」

カッコよく決めたセコイアだったが、右手に握りしめた桃を小さな口一杯にほおばった。

「桃を食べながらだと締まらないな……」

「なかなかに美味じゃぞ」

果汁が口の端から垂れてきていて、あれじゃあ手もべたべたになっちゃいそうだな。

エリーがいればすぐにフォローをしてくれるところだが、生憎《あいにく》彼女はこの場にいない。

仕方ないので、俺が彼女の口元を拭《ぬぐ》ってあげることにした。

……俺の手もべたべたになったぞ……。

ええと、ユマラはもう来ているんだったか。

ユマラはお座りして桃を次から次へと食べている。籠一杯にあった桃がもう一つたりとも残ってないじゃないか！

残りは彼が前脚で握りしめた二個のみ。それも、彼の口に中に納まった。

「美味《おい》しいでありますか？」

「もっしゃもっしゃ」

そんなユマラに対し、頬《ほお》を紅潮させ喜ぶシャルロッテ。

せっかく頂いたのに一個くらい食べたかった……。

呆《あき》れる俺に対し、イゼナとクレナイはまるで異なる反応をする。

彼らは俺との会話に集中していたからか、ユマラがもしゃもしゃと桃を食べているのを見ていなかったらしい。

気の抜けたユマラに対してイゼナは両手を合わせ感嘆の声をあげ、もう一方のクレナイは警戒する素振りを見せた。

「ヨシュア様。この方がユマラなのですか？」

「はい。頼りなさそうな見た目をしていますが、私とセコイアを背に乗せても平気で駆けるほど力があります」

「××××」とクレナイがイゼナに何やら耳打ちするが、ホウライ語なため何を言っているのか分からない。

少なくとも彼の警戒は解けたようで何よりだ。刀の柄《つか》に乗せた手を離してくれたのだから。

「ユマラは竹と引き換えに農作業を手伝ってくれると申し出てくれています」

「本当にユマラを連れて来てくださるとは……。竹は問題ございません。少し植えておくだけで竹林にまで成長してくれます。リャウガ川流域で湿地ができた場所があり、自然と竹林になった場所までありました」

「なるほど。所々にあった竹林は自然発生したものだったのですね」

「はい。環境が整えばあっという間でした。竹は成長がとても早いのも特徴でしょうか」

竹は問題なし、と。むしろ「雑草」的に田んぼの邪魔をするかもしれないな。そこは、大きくなる前に引っこ抜けば良いか。ユマラの餌にもなるし、一石二鳥だぜ。

ん。何だろう。ユマラに目を向けたままセコイアが俺の服を引っ張って来る。

「ヨシュア。田を作ればいいのか？　とユマラが聞いておる」

「そうだけど、田を作るっていっても色んな工程があるだろ」

桃を完食したユマラが後ろ脚だけで立ち上がり、「がおー」と鳴いた後、前脚を地面につけた。

首だけを俺の方へ向け、すぐに前へ顔を戻すユマラ。

「ついてこい」ってことかな。

のっしのっしとゆっくり歩くユマラの後ろをゾロゾロと全員がついて行く。

田んぼの端っこまで来たところで、再びユマラが首だけを俺の方へ向けた。

まだ耕されていない大地に四本の足で立ったユマラが大きな口を開き、鳴く。

「がおー」

ゴゴゴゴと地響きがした。

次の瞬間、地面が盛り上がり穴ができる。穴が広がり、土は一か所にまとめられて土塁のように積まれて行った。

あっという間に二メートル四方くらいの水を張れば水稲を育成できそうな小さな田になる空間ができ上がったのだ！

「す、すげええ。魔法かな」

「うむ。ユマラは土の精霊と縁が深いのじゃ。これくらいの作業はお手のものじゃよ」

「一日で一ヘクタールくらいの田を作ってくれそうだな」

「もう少し行けるんじゃないかの。個体によって魔力量が異なるから一概には言えんが」

シャルロッテ、イゼナ、クレナイは開いた口が塞《ふさ》がらないと言った様子だった。

俺もとんでもなく驚いたよ。セコイア以外はユマラの力なんて知らなかったんだから、そうなるよね。

閑話二　グラハム・ハンドルグ

ザイフリーデン伯爵領をご存知だろうか？

この問いかけはいささか早すぎるようにも思われるが、この手記を数十年後に読まれるであろう人にとってはそうではないだろう。

敢《あ》えて、問いかけよう。ザイフリーデン伯爵領をご存知だろうか、と。

連合国のザイフリーデン地方ではなくザイフリーデン伯爵領を。

私こと「グラハム・ハンドルグ」が手記を残し始めたきっかけとなった、ザイフリーデン伯爵領の悲劇をどうか忘れないで欲しい。思い出して欲しい。

ルーデル公国の北東部にはいくつかの貴族領と公爵直轄領があった。

しかし、未曾有《みぞう》の災害によりザイフリーデン伯爵領にいた領民は全滅。伯爵領に隣接する一部地域の住民も犠牲になったのだ。

私はたまたま公都ローゼンハイムへ仕入れに来ており、ザイフリーデン伯爵領へ戻ろうとした時に北東部への道が閉ざされてしまった。

閉ざされた理由は未曾有の災害発生によりザイフリーデン伯爵領が壊滅的な打撃を受けたからである。

貧しく飢えに苦しむ時代の領民の私たちであれば「またか……」や「どうせ自分も明日を見られるか定かではない」と達観したものだったに違いない。

しかし、公国史上最高の君主ヨシュア・ルーデル公爵によって領民たちは飢えることもなくなり、安定した暮らしを手に入れたのである。

ことザイフリーデン伯爵領においてはルーデル公爵と並び称《たた》えられる領主がいた。

その名はアントン・ザイフリーデン伯爵。

尊大で自分が不世出の天才だと言って憚《はばか》らないかの御仁の演説は伯爵領で知らぬ者はいない。

「先代の無能が蒔《ま》いた災禍の種は全《すべ》て天才たる僕が刈り取ろう。領民よ。お前たちは只《ただ》、この僕についてこい。さすれば、飢えず、魔物に怯《おび》えず、暮らすことができよう」

初《しょ》っ端《ぱな》からこれである。

当時の領民は疲弊しきっていた。馬鹿げた妄想を偉そうに撒《ま》き散らかされようとも憤る気力さえない。今日を生きねば明日が無いのだから。

しかし、アントン・ザイフリーデン伯爵は口だけの誇大妄想癖を持った男ではなかった。

かのお方は他のどの領主よりも迅速に領地を立て直したのだ。蘇《よみがえ》った死者や狼《おおかみ》型のモンスターに苦しめられ、死体が転がる領都ダグラスは僅《わず》か一年で立て直され、城壁が築かれた。

ローゼンハイムや帝国から多くの商人が訪れ、公国北部の中心都市にまで発展する。

その賑《にぎ》わいは帝国の皇帝も知るところとなるほど。

尊大で口が悪く、美辞麗句など一切述べぬ、何者をも自分より格下と見る誰《だれ》もが嫌う性格をしていた彼であったが、伯爵領の領民は彼を称え尊敬の眼差《まなざ》しを向ける。

彼が演壇に立てば盛大な拍手で迎え、口汚く罵《ののし》っても歓声で応えた。

誰が言ったのだろうか、あの口の悪さは伯爵なりの照れ隠しなのだ、と。

そんな彼でも唯一尊敬し、敬愛する人がいた。そのお方こそ、公国全土で神のごとく慕われる賢公ヨシュアである。

アントンはヨシュアの前だけは尊大な態度を取らず、人を褒めたことのない彼がヨシュアにだけは美辞麗句を述べた。

聖教にさえ畏敬《いけい》の念を抱かなかった彼が、だ。

不世出の天才たる彼が一国の伯爵に収まっているのは、賢公の国であるから。

彼と親しい間柄にある文官からそんなことを聞いたことがある。

いかにもアントン様らしい、と当時の私はくすりとするとともにそんなことを考えたものだ。

いつまでも続くと思った繁栄の時。

しかし、公爵様が辺境へ追放されたことによって事態は急変する。

敬愛する賢公が神託と預言によって追放された。賢公のおらぬ国に意味はない、としてザイフリーデン伯爵は公国からの自立を宣言した。

と同時に私のような商人に辺境を見てくるように依頼をしたのだ。

驚くべきことだった。何もないと聞いていた辺境にはオラクルという街があったのだ。

そのことをザイフリーデン伯爵の文官に伝えると、直接、かの伯爵との謁見《えっけん》が許されオラクルの街の様子を覚えている限り彼に語った。

すると彼はさも嬉《うれ》しそうに笑い、「当然だ。ヨシュア様なのだから。かの御仁のことだ。只、街を作るわけではあるまい。きっと、未《いま》だかつてない何かを作り上げるはずだ」と述べられる。

伯爵の予言は事実だった。

初めて見た時は驚きで開いた口が塞がらず、しばらく茫然《ぼうぜん》としたものだ。

私はローゼンハイムからザイフリーデン伯爵領へ戻ることができなくなった。更にはローゼンハイムにも危機が迫っているからとオラクルまで再び赴くことになったのである。

そこで私は「魔石機車」「飛行船」という伯爵の言葉を借りると「未だかつてない何か」を目の当たりにした。

その時の驚きは私がかつて体験したどのような出来事よりも大きかったのが分かってもらえるだろうか。

賢公の掲げる「カガクトシ」の体現を目の当たりにしたことだけでなく、ザイフリーデン伯爵の予言が正しかったことにも驚愕《きょうがく》したのだから。

やはり、ザイフリーデン伯爵は自他共に認める天才だったのだ。

その「未だかつてない何か」がいよいよダグラスにまで至ろうとしている。

魔石機車を走らせるレールがあと少しでダグラスにまで繋《つな》がろうとしているのだ。

アントン様。見ておられますか？　あなた様が予見したヨシュア様の驚くべき「未だかつてない何か」である魔石機車を。

ヨシュア様はこうもおっしゃいました。今は無人となれども、公国北東部の中心は「ダグラス」であるべきだ、と。

それが数少ないザイフリーデン伯爵領の生き残りとしてどれほど誇らしかったか、あなた様にどれほどお伝えしたかったか。

アントン様。今私はダグラスまで来ております。

ヨシュア様が新たに作られる公国北東部の行く末をどうか見守っていてください。

第四章　オラクルの新聖女

「これでいいか？　ヨシュア様？」

「俺に専門的な知識なんて無いから、いいも悪いも分からない。庭師が良しとすれば良しだよ」

ホウライのイゼナから挿し木を頂いていて、今回の訪問で木ごと頂いたんだよね。

挿し木は俺の部屋に鉢を置いてアルルかエリーが毎日水をやってくれている。

飛行船に木を運び込むのは大変だったけど、すぐに桜の花を見ることができるとあって俺のテンションは上がりっぱなしだった。

オラクルに到着した飛行船から屋敷まで木を持ってくるのは特に苦労もなかったのは言うまでもない。

だから、言うまでもないって言ってるじゃないか。エリーが軽々と運んだなんて、言わなくても分かるだろ……。

悪寒を覚えキョロキョロと辺りを見渡すと、植えたばかりの桜の木の幹をペシペシ叩《たた》き笑うバルトロと目が合った。

「ははは。ヨシュア様らしい。この場所で問題ないか？」

「うん。門から入り、木が目に入る。そして、自室の窓からも見える」

てさ。


「ヨシュア様のお気に入りか。楽しみだな」

「そういやバルトロは見たことが無かったんだったか」

「次にホウライに行く時は連れてってくれよ」

親指を立てる彼に同じように返す。

長らく共和国へ行ってもらっていたバルトロがちょうど俺がホウライに行っている間に帰ってきてさ。

こうして久しぶりに庭仕事をしてもらっていたというわけなのだ。

無事、植林を終えた彼と並んで歩きつつ声をかける。

「ガルーガとティナさんの予定はどうだった？」

「問題ない。今晩で良かったのか？」

「急でごめん」

「元々三人で飲む予定だったんだ。戻って来た時にも乾杯したところだけどな」

「大冒険だったんだって？　ルンベルクから活躍の噂《うわさ》を聞いたよ」

「そうでもないぜ。でもよ。結構楽しめたんだ。ありがとうな、ヨシュア様」

「俺はお礼を言われることなんて。感謝するのは俺の方だよ」

片目を閉じおどけるバルトロに対し、つられて俺も笑う。

共和国から「此度《このたび》の連合国の協力にいたく感謝している」と書簡が届いたんだ。

共和国は海上貿易が盛んで、連合国では栽培していないコーヒーや米といった食材が手に入る。

連合国は気候的に米を育てることはできるけど、ホウライがそうだったように田を作る手間が負担になり栽培していない。

実験農場を作るだけでも大変だったんだもの。

コーヒーの栽培は更に厳しい。熱帯地域でしか育たないみたいで、共和国経由で輸入するしか手がない。

辺境は温帯性キャッサバとかグアバとか地球だと熱帯性の植物が自生していたので、ひょっとしてと思ったけど温帯性のコーヒーは発見できなかった。

そうそう都合よく何でも手に入るわけじゃないってことだな、うん。

キャッサバがあったこと自体が奇跡だし。

話が逸《そ》れてしまった。

共和国から洋上交通路のとある海域で船が沈没することが多く、交易に支障が出ていると聞いて、バルトロが「見に行きたい」と申し出てくれたんだ。

彼と行動を共にしたガルーガとティナの三人の活躍で解決の目途が立ったとか何やら。

詳しくは彼らから聞いてみないと何とも言えない。

一体どんな大冒険が行われたのやら、彼らから直接聞くまで敢《あ》えて報告を受けずに楽しみに待っている状態である。

といっても、俺がホウライから戻ったのが昨日《きのう》遅くでバルトロらがオラクルに到着したのは一昨日《おととい》のこと。

「ガルーガもティナもヨシュア様と会えたら喜ぶぜ」

「俺も楽しみだよ。ティナさんには会ったことが無いし」

「そういやそうだった。口は悪いがいい奴《やつ》だぜ」

「はは。会うのが楽しみだ」

冒険者で無骨な口調の女性と聞いて、長身の女戦士みたいな人を想像していたのだけど、この後俺は彼女の姿を見て驚くことになる。


「ティナと申します。かの賢公様にお会いでき、光栄の至りですわ」

「こちらこそ。ヨシュアです。バルトロから大活躍だったって聞いているよ」

屋敷の食堂にやって来たのは長身の女戦士じゃなくポニーテールの可憐《かれん》な少女だったのだ。

食事の場ということもあり、鎧《よろい》を着ているわけもなく街娘風な服装でとてもじゃないけど冒険者には見えない。

尖《とが》った耳から彼女が人間ではないことが分かり、考えを改める。

人間以外の種族となると、見た目で年齢が分からない。セコイアとアルルの間くらいの年齢に見える彼女であるが、古くからのバルトロの知り合いと聞いているので少なくとも俺よりは年上なんじゃないだろうか。

アーモンド型の大きな目に幼さの残る肌感からとてもそうは見えないのだけどね。

アールヴ族のエイルとかセコイアで痛い目にあっているので、さすがにもう慣れてきた。

彼女と握手を交わし、続いて巨漢の豹頭《ひょう》の方へ体を向ける。

「ガルーガ。久しぶり。ハルバードを新しくしたと聞いているよ」

「ヨシュア殿。貴重な魔法鉱石、かたじけない。これほどの一品。そうそうお目にかかれない」

「貴重じゃないものにしていきたいと思ってるんだよ。魔法鉱石で安全が買えるのなら、開発のしがいがあるってものだよ」

「いつも民草のことを考えておられるヨシュア殿を盟主に持てる我々は幸せです」

「あああ。そう畏《かしこ》まらないで欲しい。今日は急に呼びつけてしまってすまない。直接三人の活躍を聞きたいと思ってさ。来てくれてありがとう」

背伸びしてガルーガの背中をポンと叩く。

俺は彼の無骨な感じが結構好きなんだよね。俺の周りにはいないタイプで、これぞ冒険者って感じがしてある種の憧《あこが》れもある。

「賢公様。恐れながら、もしブルーメタルが鋼鉄と同じくらい手軽に使うことができるようになれば全《すべ》ての冒険者ランクが一つ上昇することでしょう」

「そいつはすごい。ブルーメタルなら量産も可能だと思う」

「そうなのですか！　腕が鳴ります」

「ヨシュア様。ティナの本職は鍛冶《かじ》なんだ。俺の剣もティナにうってもらったんだよ」

ここでバルトロが口を挟む。

「へえ。そうなのか。だったらガラムらとも話が合いそうだな。呼べばよかった」

「ガラム殿！」

「知っているの？」

「もちろんです！　ローゼンハイムで鍛冶を営む者でガラム殿の名を知らぬ者はおりません」

確かにそうかもしれない。

彼は元々ローゼンハイムの鍛冶関連の棟梁《とうりょう》だったんだよな。確か。

現在は隠居状態で俺を追いかけてきて日々開発を手伝ってもらっている。

ローゼンハイムの工房は全て弟子に任せてきたと言っていた。

「さあ。みんな、座ってくれ。食事をしながらみんなの冒険を聞かせて欲しい」

合図をするとエリーとアルルが食事を運び始める。

彼らの海洋冒険を聞くのが楽しみでならない。


「お、おおお。赤い魔鳥……危険過ぎるだろ。平気だったのか？」

「バルトロがデッキブラシで叩き潰《つぶ》したの」

「マジか！」

ティナもすっかり堅苦しい言葉をやめ打ち解けることができている。

言葉遣いは俺からお願いしたんだよね。

きっかけはバルトロがティナに「その口調、気持ち悪い」と漏らし彼女がバルトロを蹴《け》り飛ばしたことからだ。

彼女らの様子を見た俺は「いつもの口調でいいよ」とうまい具合にお願いできたというわけさ。

いつもの口調だと彼女も喋《しゃべ》り易《やす》くなったのか、大航海の最初から語り聞かせてくれていた。

共和国が船団を用意して調査に当たろうと申し出てくれたところ、バルトロらは一隻だけにして自分たちのみで気軽に行きたいと返す。

バルトロらと船を運航する船員のみという構成でたった一隻で噂の海域までやって来たところ、赤い魔鳥なる危険なモンスターが襲来した。

そいつをマストに登ったバルトロがデッキブラシで叩き落としたというのだ。

「只《ただ》の鳥だ。大袈裟《おおげさ》だぜ」

「赤い魔鳥はAランクモンスターだ。いくらエンチャントの魔法をかけたとはいえ前代未聞のことだろうな」

ひゅうと口笛を吹きうそぶくバルトロに対し、呆《あき》れたようにガルーガが返す。

「赤い魔鳥は鉄の剣だったら斬れるの？」

「そうですな。以前使っていたオレのハルバードならば重さで叩き付けダメージを与えることならできます」

ひいい。想像するとお尻《しり》がキュッとなった。

筋骨隆々のガルーガが身の丈もあるハルバードを思いっきり振りかぶってやっとこさダメージが入るモンスター……怖すぎる。

「赤い魔鳥に対処できなければ船が炎上し沈むわ。他にも飛行できるモンスターが飛来していたのだろうと分かった」

「ほほお。原因が分かったんだ。それからそれから」

「コムルーン島に上陸して、立ち去れという圧を受けた」

「なるほど。赤い魔鳥が逃げ出すほどのモンスターがいたのか。それで」

「ヨシュア様。それだけで理由が分かるの？」

「あ、いや。モンスターのことは詳しくないのだけど、鳥と同じとすれば地上のどこかで休憩したり繁殖したりする。コムルーン島が絶海の孤島だとすれば、休むところを失った鳥が当該海域に飛来する、となるんじゃないかって」

ティナが大きなアーモンド型の目をこれでもかと見開く。

ガルーガも驚いているのだろうけど、グルルルという喉《のど》鳴りが猛獣みたいで迫力があり過ぎる。

バルトロだけはいつもの調子だったけど、俺に慣れているから特にってことなんだろうな。

「ヨシュア様の推測通り、コムルーン島にいた大海竜の圧によって鳥型モンスターが海路に出現して……が沈没の原因だったの」

「おお。大海竜、強そうだ」

「それがよ、ヨシュア様。倒さずに帰って来たんだよ」

ティナとの会話に口を挟んだバルトロがすまんと手を前にやる。

「へえ。バルトロなら大海竜でも渡り合えるから、なんか事情があったんだろ？」

「さすがヨシュア様、察しがいいな。大海竜は卵を護《まも》っていたのさ」

「そいつは俺たちの事情で排除するには気が引ける」

「話が分かる！　やっぱヨシュア様ならそう言うと思ったぜ。迷ってたら意外な声が頭に響いたんだよ」

頭の中に声が響くってアレしかいないじゃないか。

バルトロに語りかけたのは神のごとき龍「リンドヴルム」で間違いない。人知の及ばぬ龍なので、距離の壁なんぞなんのそのだろうな。

もちろんここで俺が下手《へた》なことを口にすると俺の脳内に声が響くことになる。

リンドヴルムと言えば、お目付け役のオレンジ色の爬虫類《はちゅうるい》は今日もシャルロッテから肉をもらいご満悦だった。

あの間抜けなニクニク言うだけの爬虫類が超生物リンドヴルムの使いなんて誰《だれ》も思わないだろうな。

俺の内心をよそにティナが続きを語り始める。

「その後は覇王龍リンドヴルム様を通じて大海竜と交渉をしたの。大海竜は卵が孵《かえ》るまではコムルーン島に留《とど》まり、その間は海路を変えることになった」

「なるほど。子供が生まれたらコムルーン島から去ることになったのかな？」

「うん。子供が生まれてからもしばらく海域を護ってくれることになったの。一時的に大幅に距離が増えるけど、大海竜のお墨付きってことを共和国は喜んでくれたわ」

「船乗りの間で大海竜の信仰みたいなものがあったのか」

「ヨシュア様。どうしてわかるの⁉　船の守り神として御守《おまも》りがあったり船首に大海竜を模した彫刻をしたりしているの」

当てずっぽうだったんだけど……。

船乗りは古来より航海の安全を祈願して海の守り神を模した物を身に付けたり、船体に彫刻したりしていた。

地球の話にはなるけど、船首に衝角《ラム》がついていた時代には目立つ船首に海の神やらユニコーンやらを彫刻していたそうな。

何かのゲームか本で聞きかじった程度なので間違えているかもしれない。

「報告ありがとう。俺も冒険した気持ちになれてワクワクしたよ」

「行かせてくれてありがとうな。そうだ。ホウライのこと、聞かせてくれないか？　行ったことがないんだよ」

「冒険者だったら色んな国に行っているのかと思ったよ」

「俺は山奥ばっかでさ。連合国も帝国も未開地域の方が多いだろ？　その辺回っているだけで仕事には十分なんだ」

よおし、ならばホウライ話を聞かせてしんぜようぞ。

変なテンションになってしまった……。

ホウライで見た朱色の街並みや食べ物のこと、服装やユマラという協力者のことなどを語る。

お酒も交えながら喋っているといつの間にか結構な時間が過ぎていたようだった。

話はホウライのことからオラクルの街のことに移り、あることを思い出す。

「そうだ。バルトロに一つ協力して欲しいことがあって」

「何でも言ってくれ」

と言ったところでバルトロの顔が曇る。

遅れてずっと給仕をしてくれていたエリーの持つポットがピクリと揺れた。

「ヨシュア様。誰か訪ねて来たようだぜ」

「こんな時間に？」

はて、と首を捻《ひね》っているとルンベルクが顔を出す。

「ヨシュア様。歓談中に申し訳ありません。危急の用とのことで聖女様と御一行が直接見えられております」

「え、アリシアが！」

そいつは唯事《ただごと》じゃないな。一体何があったんだろう？

新たな神託があり、直接俺に伝えに来た？　俺に関わることなら有り得るけど、使いの者に書を持たせることでも事足りる。

となれば、書物では足りない事態が起こっている。

それもアリシアが直接となれば、枢機卿《すうききょう》か聖女が伝えねばならぬような極秘事項ってことだ。

「すぐに通してくれ。みんな、途中ですまない」

「いやいや、もうそろそろお開きってとこだったろ。また呼んでくれよ。ヨシュア様」

「ヨシュア殿。本日は招いてくださり感謝します」

「ありがとうございます！」

バルトロにガルーガとティナが続く。

「エリー。執務室に移動する。お茶の準備を頼む」

「承知いたしました」

「ルンベルク。同席できる人がいたら、呼んで欲しい」

「畏まりました」

ルンベルクには「誰が」と伝えずとも問題ない。極秘事項でも共有しても問題なく、俺が相談できる人を連れて来てくれる。

具体的にはハウスキーパーの四人、ペンギン、シャルロッテ辺りだな。

俄《にわ》かに慌ただしくなってきたぞ。


時間が時間だけに集まれたのは、食堂からそのまま移動したバルトロ、ルンベルク、エリーに加え屋敷にいたアルルとハウスキーパーの四人だけとなった。

ペンギンとセコイアは鍛冶場で寝泊まりだったようだ。シャルロッテは早朝に必ず執務室へ牛乳を持ってやってくるからその時に情報共有すればいいか。

「ごめん、待たせちゃった。枢機卿まで……ご足労ありがとうございます」

「突然の訪問、申し訳ありません」

ギョッとした。ルンベルクが御一行というので、聖女とお世話係のシスターかと思っていた。ところがどっこい、御一行には枢機卿も含まれていたとは。といっても、彼がいたからといって俺がやることは変わらない。

意外な人物であった枢機卿だが、柔和な笑みを浮かべ心があったかくなる声で謝罪する。

そんなつもりじゃなかったのにと思いつつもこちらも笑顔で彼と握手を交わし、アリシアには会釈をした。この世界で一般的な挨拶《あいさつ》は握手と言葉のセットだ。

聖女にはなるべく触れないようにする慣習があるので、アリシアと二人きりならともかく枢機卿もいる前では握手をしない方が良い。

もっとも、枢機卿の前であっても彼女を名前で呼んでいるから既に慣習を破っているのだけどね。やりたい放題な俺だが、自分の拘《こだわ》りがない部分は慣習に従うのだった。

ダブルスタンダード甚だしいけど国内だし、枢機卿は俺が彼女のことを名前で呼ぶことをむしろ好ましく思っている節があるのでこのままで良いのだ。

では、さっそく本題に入るとしよう。まずはアリシアに尋ねるのがよさそうだ。

彼女は何か重大な用事がない限り、おいそれと移動できる立場にない。

「神託があったのかな？」

「いえ、感じたのです。新たな聖女の誕生を」

「お、おお。思ったより早かった。新聖女がオラクルに？」

コクリと形の良い顎《あご》を下げるアリシアの顔はいつもの微笑みを湛《たた》えた無表情であるが、どこか暗い影を背負っているように感じる。

続いて枢機卿が手を挙げ彼女らが急ぎ駆け付けた原因について語り始めた。

「預言がございました。『新聖女は新たな世界の扉を開くだろう』と」

「預言のことは聞いています。同時に二人誕生することで起こる物事を示唆しているのだろうと考えております」

聖女の神託から遅れること一週間だったかな。神託の内容とも合致するし気にも留めてなかった。

「私もヨシュア様と同じ考えでございました。ですが……」

ここでアリシアが静かに口を開く。それだけで絵になるのが彼女である。

「聖女は新聖女を感じることができます。ですので、遠見の魔法で姿を見ることもできます」

「うん？」

何を言いたいのかまるで分からない。魔法のことは良く分からないから仕方ない……。

説明をしてもらおうとこちらが尋ねるより早くアリシアが結論を述べる。

「オラクルの新聖女は聖教徒ではありません」

「そんなことってあるの……」

へえ、新聖女はオラクルで誕生したのかあ……ってそうじゃなく聖教徒じゃないって一体全体？

茫然《ぼうぜん》と彼女の顔を見つめるも無表情のまま、目を閉じられてしまう。

長い聖女の歴史の中で二人同時の聖女が誕生するのも初であれば、聖教徒以外から聖女が生まれるのも初だ。

正直、どうすりゃいいんだ、状態で呆気《あっけ》に取られている。

しかし、俺は連合国の大公。俺が動かなきゃ誰も決めることなんてできない。

聖教に丸投げという手もあるが、世俗のことに関してはノータッチだからな……。

「アリシア。今日はもう遅い。明日の朝、新聖女に会いに行こう」

「やはりヨシュア様に真っ先に相談に伺って良かったです」

「聖女様のおっしゃる通りです。既にヨシュア様の聡明《そうめい》な頭脳が答えを導き出しておられる」

特に考えがあって申し出たわけじゃない。聖女は聖教のトップで枢機卿は連合国内のトップである。

世俗のボスは遺憾ながら俺であるので、三人揃《そろ》えば決め事をするのに一番適しているはず。シャルロッテも同行させれば相談も捗《はかど》るよね。

ならば、事件は現場で起こっているということでとりあえず会ってみようという安易な考えである。

アリシアと枢機卿が盛大な勘違いをしているが、曖昧《あいまい》に頷《うなず》いておくことにした。下手《へた》に言い訳してもややこしくなるだけだからな。

彼女らは新聖女の姿を見て、新聖女の噂《うわさ》が流れる前にとすぐにオラクルへ向かったのだろう。

ギフトを授かったことは本人が感じ取ることができる。神託のギフトを授かった途端に誰かに喋っていたら瞬く間に噂《うわさ》が広がるからな……。

ギフトは生まれながらに授かるものもあるが、神託のギフトは十歳を超えてから授けられる。

生まれながらのギフトで授かったのが赤ん坊なら自分から触れ回ることはできないけれど、神託は異なるからね。

これがアリシアらが急いだ理由である。

さて、どんな人が新聖女となったのやら。

姿を見てすぐに判断したってことは、人間じゃないだろうなあ……。

新聖女は意外にも俺の知る人物であったことをこの時の俺は考えさえしていなかった。

◇◇◇

毎朝恒例の新鮮な牛乳を飲み、アリシアと枢機卿と共に新聖女に会いに行こうと思っていたが朝起きた時に考えを改める。

二人がオラクルの街中に行くと「非常に目立つ」。そこで新聖女に会うなんてことをしたら、瞬く間に噂になるよな。

アリシアらは新聖女の噂が広まる前に行動をした。全員連れだって行ってしまったら台無しになるじゃないか。

そんなわけで、執務室にアリシアと枢機卿に来てもらった。

執務机の脇《わき》にシャルロッテとエリーが並んで立っている。接客用のソファーに座ったアリシアと枢機卿に相談を持ち掛けてみた。

「新聖女の似顔絵を描くことはできますか？」

「私は顔を見てはいませんので何とも」

「アリシアの魔法はアリシアしか見えないのかな？」

「わたくしが描かせて頂きます」

ほいとアリシアへ紙とボールペンを渡す。

ボールペンに細く滑らかな指をのせたアリシアの表情がほんの僅《わず》かの間、素の顔になる。

すぐに元の聖女スマイルに戻った彼女は、カリカリと似顔絵を描き始めた。

う、うわあ……。

真剣に描いてくれているのは分かるが、彼女の名誉のために何も触れない。触れないいんだからな。

「アリシア。俺に魔法をかけてもらって新聖女の姿を見ることってできないかな？」

「……可能です」

何故《なぜ》かほんのりと頬《ほお》を朱に染め、顔を逸《そ》らすアリシア。

「いや、やめておこう」

「何故ですか？　わたくしがそれほどお嫌なのですか？」

表情と声色はいつもの聖女なのだが、背後に黒いオーラが見えた気がした。

「アリシアが良いのならいいんだ。なんとなくダメな気がしたから」

「構いません。ですが、ヨシュア様と二人にしていただけますか？」

「部屋にいる人数に制限があるのかな、護衛は……どうしよう」

「問題ございません。アルルにも控えさせます」

護衛役も兼ねているエリーの進言により、アリシアを残し他の人が退出する。

残されたアリシアと俺……見つめ合う、なんてことも無く彼女に促され椅子から腰を浮かした。


「えっと」

立ち上がったはいいものの、アリシアが棒立ちでこれからどうすればいいのやら。

ずいっと彼女が一歩前に出る。

俺は男にしては背が高くない。一方のアリシアは平均的くらいかな？　背が高めのシャルロッテより低く、エリーと同じくらいな気がする。

突然何だって？

アリシアの鼻が俺の顎にくっつきそうな距離になっていて。

しかし、顔が聖女スマイルのままだからドキリとするより怖気《おぞけ》が走る。

目線だけ上にあげてもなお表情一つ変えないのだ。

「あ、あの。アリシア」

「わたくしとしては難しいです」

彼女の顔がすっと離れる。

正直良くわからない。彼女は俺に新聖女の姿を見せてくれようとしているんだよな。

「わたくし」としてということは「聖女」としてと言うことだ。

他人に新聖女の姿を見せる魔法？　は激しい痛みを伴ったりするのだろうか。なら、聖女としては難しい。

聖女が他人を傷付けることは教義に反するからな。

なら、話は簡単だ。

「そのために二人きりになったんだよな。聖女としては難しくてもアリシアとしてなら問題ない」

「は、はい。ですが、いざ目の前にすると」

「大丈夫さ。癒《いや》してくれればいい」

「癒し……になりますか？」

「もちろんさ」と力強く頷く。回復魔法ならお手の物の聖教の聖女が傍《そば》にいてくれるのなら、痛みでのたうちまわってもすぐに治療してくれるさ。

「頭を少し前に」

言われるがままに見下ろすような感じで顔を傾ける。

再び彼女が一歩前に出て、踵《かかと》を浮かせた。

アリシアの整い過ぎた顔が迫り、彼女の息が俺の頬にかかる。

俺の額に彼女の額が触れたところで動きが止まった。

「動かないでください」

「う、うん」

恥ずかしいのかアリシアはずっと目を閉じたままだ。

喋ると唇が触れそうでいろいろやばい。聖女と口付けなどしようものなら……考えるのをやめよう。

誰《だれ》も見てないさ。

「額じゃお嫌ですか？　思念を送るには触れなければいけません」

「い、いや。俺はいいんだけど」

「額でも、癒しになります、か？」

「も、もちろんさ」

唇が俺の唇に触れそうで気が気じゃない。早く、俺に映像を見せてくれ。

いたずらの神が微笑《ほほえ》む前に。

「ヨシュア様も目を閉じてください」

彼女に言われるがままに目を閉じると、頭の中に小学校高学年くらいの女の子の姿が浮かぶ。

耳が尖《とが》り、アッシュグレーの長い髪。確かに人間ではないエルフかハーフエルフだ。

そして、俺はこの子を知っている。

「マルティナじゃないか」

つい大きな声を出してしまった。

「お知り合いですか？」

「うん。彼女ならアルルかエリーに屋敷まで連れてきてもらっても不自然じゃない」

アルルもエリーも街中で彼女に会うと挨拶していると聞いたことがある。

なるべく早く彼女を連れて来てほしいので、アルルに頼むか。

アルルならマルティナをすぐに見付けてくれることだろうから。

「あ、あの。ヨシュア様。近いです」

「あ、ああ。ごめん。すぐに離れればよかったよな」

離れようとするとアリシアがそっと指先で俺の袖《そで》を掴《つか》む。

「ん？」

「い、癒されましたか？」

「う、うん？」

「わ、私も癒して、くださったりすると嬉《うれ》し、いえ、忘れてください。失言でした」

アリシアが回復魔法でのたうち回る俺を癒してくれるのかと思ったが、そうじゃなかったとさすがの俺でも気が付いている。

彼女の背中に腕を回しギュッと抱きしめた。彼女も俺の背中に手を添え俺の肩に頬を当てる。

「ヨシュア様から元気を頂きました。アリシアは聖女に戻ります」

体を離すとアリシアが口元に僅かな微笑みを湛《たた》えた表情になった。

聖女としての彼女は誰にも心の丈を訴えることができないから、僅かな間だけでも彼女の気持ちを休ませることができたのなら嬉しい。

外に出ていてもらっていた全員を部屋に呼び戻し、さっそく事の次第をみんなに伝える。

「アルル。そんなわけでマルティナとその父のティモタを連れて来て欲しいんだ。アルルならすぐに彼女がどこにいるか分かると思って」

「うん。急ぐ？」

「なるべく、でいいよ。エリーの力を借りずでいいからね」

「うん！」

チラリとエリーへ目をやると、かああっと真《ま》っ赤《か》になった彼女がもじもじした。

アルルを投げ飛ばして移動は無しね。

「エリーはお茶の準備を頼んでもいいかな」

「は、はい！　お任せください！　タピオカミルクでもよろしいですか？」

「任せるよ。シャルは聖教関連の資料を見繕ってくれ」

「お任せくださいであります！」

「聖教の方々は別室でおくつろぎください」

「ヨシュア様に感謝を」

枢機卿《すうききょう》が指先で四角を切り、会釈をする。

久しぶりに見たかもしれない。聖教の指先の動き。

キリスト教で言うところの十字を切る仕草が聖教では四角に指先を動かすのだ。

何故そうなのかは知らない。神に祈りを捧《ささ》げる簡易版みたいなものだと聞いている。

「ルンベルクは聖教の方々を案内してもらえるか。バルトロはしばらくフリータイムで。あ、昨日《きのう》植えた桜の様子を見て欲しい」

「畏《かしこ》まりました」

「あいよ」

バルトロを庭に出すのは一応警戒のため。

オラクルの街の治安は非常に良好で屋敷に強盗が入ることなどまずない。

といっても、今は事が事だけにどこからか情報が洩《も》れることを避けたいからね。念には念を、だよ。

それぞれが持ち場につき、俺とアルルが部屋に残された。

アルルは目を閉じて「うんうん」と何やら唸《うな》っている。

「見付けた」

猫耳をピクピクさせたアルルが満面の笑みを浮かべた。

なるほど、マルティナがどこにいるのか探していたのか。

「ここからでも分かるの？」

「マルティナの顔。分かるから」

「街の中だよね」

「うん。連れてくるね」

背を向けたアルルの虎柄尻尾《しっぽ》がピンと上を向く。

「ヨシュア様。アルルでも。癒《いや》し？　になる？」

「そらそうだよ」

「ギュッとする？」

「あ、いや」

アルルの場合は見えずとも俺とアリシアの様子が分かる。

彼女の能力なので咎《とが》める気はさらさらないけど、こういう時、どう説明したらいいんだ。

戸惑っていると彼女が更なる爆弾を落とす。

「ちゅーの方がいい？」

「誰だ。アルルに変なことを吹き込んだのは」

「セコイアさんが。洞窟《どうくつ》で。ちゅーをすると、ヨシュア様が。喜ぶって」

「……あいつめ。次に会った時はこめかみぐりぐりの刑にしてやる」

あの涎《よだれ》め。

洞窟と聞いて察しがついた。随分と前のことだけど、硝石を探しに断崖《だんがい》絶壁を下ったことがあっただろ。

あの時、不覚にも下を見てしまい気絶したんだよね。

目覚めたらアルルの膝枕《ひざまくら》だったわけだが、俺が気絶している間はセコイアとアルルの二人きりだった。

その時にあの狐《きつね》がアルルに……。

「行ってくるね」

「ありがとう」

背中を向けたままビシッと腕を上げたアルルに向け小さく手を振る。

◇◇◇

「ほ、本当なのか。マルティナ？」

「う、うん」

マルティナはたどたどしく父のティモタに向けこくりと頷《うなず》く。

ティモタにとって青天《せいてん》の霹靂《へきれき》であるのはもちろんのこと、マルティナにとっても同じこと。

「ヨシュア様。マルティナは一体どうすれば？」

「それを話し合うために急ぎ呼んだんだよ。ティモタとマルティナは聖教のこと、聖女のことを知っている？」

「ローゼンハイムの民の前で演説されている姿を拝見したことはあります。ですが何分、私は聖教を信仰しているわけではありません。娘であるマルティナも同じくです」

「自分の立場を棚にあげて、正直に言うと俺も戸惑っている。どうしたらいいのか、みんなで意見を出し合いたいと思っているんだ」

「ヨシュア様が以前と変わっておらず、その言葉で安心いたしました」

ティモタが目に涙を浮かべながらマルティナの頭を撫《な》でる。

この場にはエリーとアルルと俺に加え、来てもらった二人しかいない。

マルティナの年齢も考慮し、まずは彼女に少しでも不安を覚えないようにと配慮したんだ。

アリシアと枢機卿には別室で控えてもらっている。

やはり、当初の安易な考えを改めていてよかった。

親であるティモタと以前から交流があったことが幸いしたと思う。もちろんマルティナとも。

親子には綿毛病の対応策を練る時に多大な貢献をしてもらった。そう言った事情があるので、俺も気さくな言葉でティモタと喋《しゃべ》っている。

「この場は聖教の人もいない。思っていることをそのまま述べて欲しいんだ。後々不安や不満に思うことを少しでも減らしたい」

「は、い」

できる限り柔らかい微笑みを浮かべ、マルティナの頭を撫でる。

神託と聖女とはなんて過酷なんだろう。まだ十歳やそこらの少女を両親の下から離し、教会で生活をさせるのだから。

聖教徒ならば本人も家族も名誉なこととして、喜びこそすれ悲観することがないのかもしれない。

だけど、マルティナは違う。

「先に俺の考えを言ってもいいかな?」

二人の顔が少し明るくなり、静かに頷きを返す。

いきなり意見を述べてと言っても、困惑する気持ちが強くどうしていいかわからないというのが正直なところ。

しかし、二人の意見は取り入れたい。

だったら、意見を出せるよう判断材料をと思ったわけだ。

「聖教はともかくとして、神託は連合国を始め周辺国家にとって欠かすことのできないものとなっている。マルティナ。街で神託のことを聞いたことがある？」

「は、い。ヨ、シュアさ、まが。街の、ひと。泣いて、ま、した」

「は、はは。神託ともう一つ預言というギフトは近い将来に起こることを告げる。捉《とら》え方は難しいところだけど、『確実に起こる』んだ。神がもたらす言葉と言われているよ」

「か、神様？」

「人によって想像する神様って違うよな。今は神様のことはおいておいて。神託のギフトは暗闇《くらやみ》を照らす灯台みたいなものなんだ。俺たちが進むべき道しるべとなってくれる」

一応聖教徒である俺であるが、前世の習慣からどうしても「実在する神」という考え方がしっくりこなくてさ。

神とは自分の心の中にいると考えている。

信心が浅い俺は、自分がピンチになった時に祈るものが神なんだよな。「神様、仏様！」ってね。

……横道にそれた。

聖教において神託と預言は彼らが信じる神が俗世にお言葉をもたらすものと考えられている。

マルティナが神託のギフトを与えられたことから、神とはもっと広い意味での神だったのかなと思った。

いずれにしろ、神託のもたらす言葉を歪《ゆが》めずに世間へ伝えねばならない。

「神託は俺たちの生活にとても大切なもの。ここまでは大丈夫かな？」

「は、い。責任、重大、です」

「うん。だからこそ、ちゃんと考えて。マルティナの幸せや安心も考慮しなきゃと思ってるんだよ」

「あ、りがとう、ございます」

ここで一旦《いったん》言葉を切り、二人の様子を確かめる。

うん。不安で一杯。そうだよな。

マルティナは「言葉を伝える」ということに関しても相当抵抗があるはず。

ローゼンハイムで熱病にかかり、それが原因でうまく喋ることができなくなってしまった。

今では仲のいい友達に対しては気兼ねなく喋ることができるようになっている、とエリーから聞いた。

「神託はとても大事だ。変な輩《やから》がマルティナを攫《さら》おうとしてくるかもしれない。だから、どこで暮らすにしろマルティナの安全を確保する必要がある」

「は、い。こわ、い。で、す」

「警備をしやすいところ、に引っ越してもらわなきゃいけないかも。その時はティモタとマルティナに同意してもらってから、というのが俺の考えだ。もう一つ、住む場所が決まるまではこの屋敷で暮らすことを考えて欲しい」

「ヨシュア様のお屋敷で、ですか。畏《おそ》れ多《おお》い……」

マルティナの手を握り、話を聞いていたティモタがここで口を挟む。

「オラクルで一番警備力が高い場所が俺の屋敷なんだ。次が衛兵の詰め所かな」

「い、いん、です、か?」

「うん。日中も外に出歩くことができるようにするよ。エリーかアルルを付ける。俺の護衛と交代で、ね」

「エ、エリーさ、ん。アルルさん、が?」

「そそ。こう見えて二人とも頼りになるんだ」

エリーがこくこくと頷き、アルルは両手をぐっと握りしめガッツポーズをして「任せて」とマルティナに示す。

バルトロを付けても良かったけど、マルティナが緊張してしまうからな。

警備レベルは俺と同じに設定するようシャルロッテに言っておこう。神託持ちとなれば、国家の最重要警備対象として扱っても問題ない。

「ティモタ。マルティナ。そんなわけで、住む家その他が決まるまでの間、俺の屋敷で暮らしてくれないかな?」

「願ってもない話です。本当によろしいのですか?」

「ティモタは仕事もあるだろうから、これまで通り工房に顔を出してもらっても問題ない。だけど、夜はマルティナと一緒にいてもらえないかな」

「ヨシュア様のお優しさ。痛み入ります。マルティナもそれでいいか?」

「は、い」

軟禁するようで申し訳ないが、神託持ちに何かあっては大事になる。

不安で仕方ない時だからこそ、親と一緒にいられるようにしたい。ティモタも俺の想《おも》いを汲《く》んでくれて何よりだ。

「アルル、エリー。俺と違ってか弱い女の子の警備は勝手が違うと思うけど、頼むよ」

「ヨシュア様より、体力があるよ？」

「こら、アルル！」

いやいや、いくら何でも成人した男より十歳くらいの女の子の方が体力があるなんてことはないだろ。

場を和ませるために言ったんだよね？

「でも、エリー。ヨシュア様は。走れない、よ」

「私が抱えるからいいの」

「アルルも背負えるよ」

聞こえてる。聞こえてるぞ。

ショックを受けつつも、マルティナとティモタに続きを話し始める俺であった……。

「とまあ、俺の考えはそんな感じだ。二人はどうかな？」

「実現可能なのですか？」

「神託のギフトがマルティナに授けられたという事実が二人の信じる神もまた神託を与えるということを意味しているのさ」

「は、い」

アリシアと枢機卿《すうききょう》の二人と事前に打ち合わせをしたわけじゃない。

あくまで俺の個人的な考えを述べたまで。

先に聖教がどうしたいのかを聞いてしまうと、どうしても彼らの考えに引っ張られてしまうから中立性を保てなくなると思って。

じゃあ、俺はどっち側なんだ、と問われるかもしれない。

答えはどちら側でもない、になる。

しかし、大森林の神を信仰する立場からの意見はティモタとマルティナの二人しかいないだろ。

彼らが思ったことを述べることができるよう、俺が支えるつもりでいる。

俺なりに客観的に意見を述べ彼らの意見とすり合わせたつもりだけど、正直俺もちゃんと彼らの意見を吸い上げることができているかどうか不安だ。

二人と相談した結果、大森林で信仰する神をそのまま信仰することを基本路線とした。

大森林で信仰する神は「世界樹」である。

聖教に対するようなまるまる教という呼び名はない。敢《あ》えていうなら世界樹信仰とでも言えばいいか。

世界樹と呼ばれる大森林の中心にある巨木に精霊神が宿り、人々を見守っているという自然信仰の一種だ。

自然発生的な宗教は多神教のイメージなのだけど、世界樹信仰は異なる。

彼らの信じる神は世界樹に宿る精霊神で、一神教なんだ。

ここは聖教と同じ。

この世界って多神教はないのだろうか。ホウライにも別の宗教があるみたいだから、次回ホウライに行った際にはイゼナに聞いてみようっと。

ティモタとマルティナが落ち着き、方針も決まったところで、アリシアと枢機卿の二人と面会してもらうことに。

突然の聖女の登場に対しマルティナは口をパクパクさせ戸惑っていたが、アリシアが膝《ひざ》を折り、彼女を見上げるような形で微笑《ほほえ》むと落ち着きを取り戻したようだった。

最初に出た一言が「き、れい」だったんだ。うん。分かる分かる。

アリシアは人間目線であるが、絶世の美女と言っていい。人間目線じゃなくて、ヨシュア主観に訂正しておく。美醜なんてものは所詮《しょせん》主観だからな。

マルティナはローゼンハイム出身なので、俺と感覚が近いのだと思う。

一般的に人間から見て美形と言われるエルフは俺の目からでも誰《だれ》しもが美しく見える。だけど、線が細過ぎて好みが分かれるんじゃないかな？

俺ならエルフにも好かれるんじゃないかって？

そんなことあるかー！

俺だって俺だって、好きでヒョロヒョロなわけじゃないんだぞ。

……話が横道に逸《そ》れてしまった。

「き、れい」と言ったマルティナに対してアリシアはいつもの微笑を貼り付け「現聖女のアリシアです」と名乗る。

慌ててマルティナもたどたどしく自分の名を告げた。

続いてティモタと挨拶《あいさつ》をしていた枢機卿とマルティナが向かい合う。

その際に枢機卿が指先を四角に動かす聖教の祈りの仕草をしていて、彼女も真似《まね》をしようとしたが、俺が首を振り彼女の動きを止めた。

彼女とて聖教の仕草だと分かっている。枢機卿につられて聖教の祈りを行おうとしたのだろうけど、最初が肝心だからな。

俺の行為にも枢機卿は優しげな笑みを崩さず、彼女に温かな声をかけた。

もう一方のアリシアは俺だけに見えるよう一瞬だけ彼女本来の顔を見せ、すぐに聖女スマイルに戻る。

「こうしてマルティナと出会わせて下さったことを神に感謝します。はじめまして。私はローゼンハイムの枢機卿です」

「マ、ル、ティナで、す」

「どうかあなたの信じる神に祈りを捧《ささ》げて下さい。世界樹にはいつお祈りをされるのですか？」

「食事の、時と、おき、たとき。ねる、ときです」

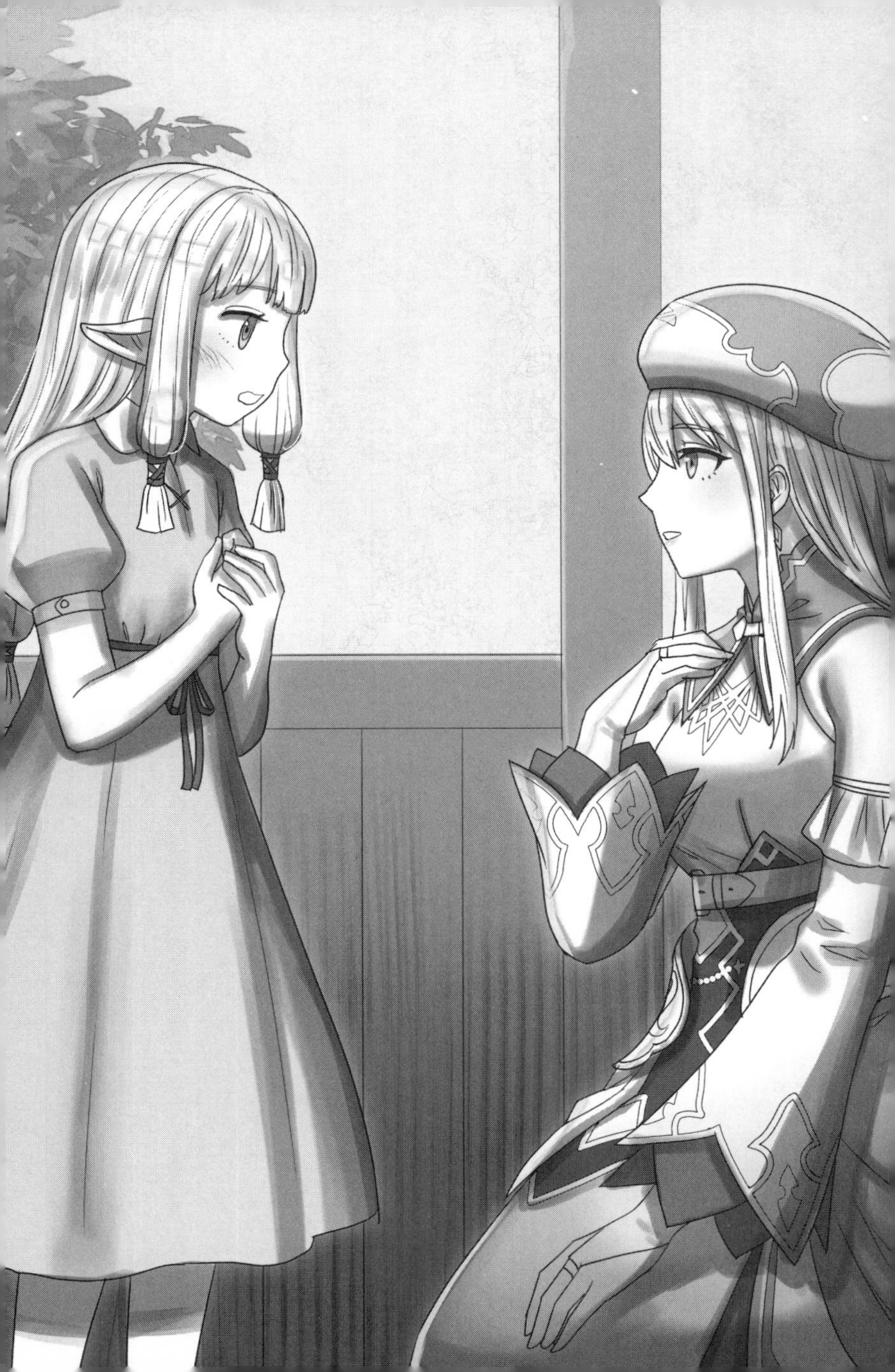

「敬虔《けいけん》なマルティナに祈りを。祈る神は違えど神に感謝する気持ちは同じです。私たち聖教はあなたに『祈る神を変えよ』とは決して言いません。この度の神託で私はあることを確信したのです」

お、おおお！　思わず声が出そうになった。ティモタとマルティナが懸念していたことについて枢機卿が真っ先に答えを出してくれたぞ。

彼の言葉って不思議だ。すーっと頭に入ってくる。それだけじゃなく、懐かしい故郷にいるかのような安心感まで抱く。

この人柄が彼を枢機卿に推す一番の理由だと思う。世間的には「預言持ちだからだ」と喧伝《けんでん》されているけどね。

なるほど。少なくともローゼンハイムを中心にした連合国内の聖教は神託のギフトについて解釈を修正したか。

もちろん、国内の聖教徒全員のコンセンサスが取れているわけじゃない。

しかし、枢機卿は決まってないことを言ったりなんてしない。いつだって枢機卿としての立場から発言する。

てことは、枢機卿と幹部たちの間で既に会話が交わされていたってことさ。アリシアが懸念を告げた時に協議したのだろう。

対応が速くて助かる。

さて注目の枢機卿らの解釈とは……彼の言葉の続きを聞くとしようか。

「何故《なぜ》、神託のギフトを授けられた聖女が二人になったのか。私たちの見識が足りなかったのです。

聖教の神と世界樹に宿る精霊神は親しき友人なのではないかと。私たち聖教は異教に対し寛容であるべき、と説いて来ました。ですが、真の意味で寛容さを示したのは賢公ヨシュア様のみ」

「そのようなことは。聖教が尽力された結果です」

つい口を挟んでしまった。

対する枢機卿は静かにかぶりを振る。

「オラクルの街へ初めて訪れた時、私の感動がいかほどだったか。宗教の在り方の一つをオラクルが体現しておりました。聖教の教会の隣に世界樹の神殿があり、レーベンストックの各種神々も祀《まつ》られている。そして、神もまた隣人同士であると神託のギフトを持ってお示しになられました。私たちにも垣根を越え隣人たれ、と」

「す、うききょう、さま。わたし、も感動、し、まし、た」

「未《いま》だ他の枢機卿とは会話をしておりません。ですが、神のお示しになられた道をきっとかの方々も理解してくださると確信しております。新聖女マルティナ。あなたはあなたの信じる神に身を捧げ、聖女として神託を告げていただけますでしょうか」

「は、い！」

枢機卿らしい解釈だな。

それぞれの宗教が信じる神は神の世界で友人同士であり、お互いに尊敬しあって下界の俺たちを見守っている。

神託が聖教以外を信じるマルティナに授けられ、更にもう一人聖教徒にも授けられる（恐らく）

というのは、神が友人同士であることを下界に示すため。

神様同士が仲良くしているんだから、下界の人たちも信仰する神にかかわらず仲良くしようよ、と神が示したと解釈したわけだ。

俺の考えと異なるが、ここで口を挟むほど無粋じゃない。

枢機卿はオラクルを褒め称《たた》えていたけど、結果的に宗教施設が並ぶようになっただけで必ずこうしようと思って立案したわけじゃないんだよな。

もう一つ、彼が勘違いしていることがある。

こと宗教施設についてはローゼンハイムの在り方に対し、俺が是と考えているってこと。

ローゼンハイムは聖教徒が九十五パーセントでその他が五パーセントくらいになる。

そうなると聖教徒中心になってしかるべしだし、聖教徒に寄った施策を打つことだってあった。

俺が注意していたことは信じる神が異なることによって弾圧を受けてはならないってことだけ。

信仰の強要も弾圧に当たる。

とまあ、取り扱いが難しいものなんだよ。宗教ってのは。

聖教が平和的な組織で助かってるよ。


「ヨシュア様。お手を煩わせてばかり、申し訳ありません。今しばらくの間、お願いいたします」

「ご配慮、ありがとうございました。マルティナの身の安全はお任せください」

枢機卿と握手を交わし、彼の隣に立つアリシアへは会釈をする。

「アリシア。駆けつけてくれてありがとう」

「わたくしの聖女としての務めも終わりに近づきました。ヨシュア様がいてくださったから……」

そこで口をつぐんだアリシアはきゅっと唇を結び指先を四角に動かす。

ローゼンハイムの枢機卿は他の枢機卿との協議に向かい、アリシアはアリシアでローゼンハイムへ戻ることになった。

聖女として長くローゼンハイムを空けるわけにもいかないのだろう。

彼女がオラクルを訪れたのは新聖女の誕生を告げるため。聖女の仕事と言えば仕事の内なのであるが、他にも何かと務めがあるからな。

その多くはローゼンハイムの教会でないと行うことができない。

ふう。とりあえず、一旦《いったん》休憩するかと執務室で書類にサインをしていたら、ルンベルクがやって来てさ。

アリシアが戻ってきていたんだよ！

彼女は俺に一言だけ告げ、供の人たちと一緒に今度こそローゼンハイムへ向かったのだった。

その一言とは、「もう一人の聖女が誕生した」という息つく暇を与えてくれない情報だったのだ。

マジか。マジかあ。

いつ誕生してもおかしくないと聞かされていたが、このタイミングかよ。

新聖女は想定通り帝国で誕生した。アリシアの感知によると、場所は帝都とのこと。

皇帝のお膝下なら、新聖女誕生にも混乱が起きることなく対処してくれることだろう。

問題はオラクル側だよ。

さっきマルティナがようやく落ち着きを取り戻したばかり。このまま俺の屋敷で過ごしてもらいつつ、聖教全体の意見を待ちつつ帝国と調整しようと思っていた矢先の出来事だ。

事前の取り決めでは、連合国で誕生した新聖女には帝都の教会で聖女教育を受けてもらうことになっていた。

しかし、それは新聖女が聖教徒であることが前提だ。

まさか聖教徒以外から聖女が生まれるなんて想像もしていなかったのだから仕方ない。

方針が決まるまでの間、多少聖女教育が遅れることを許容しようという合意を皇帝その他から取らなきゃだな。

動くのはマルティナの聖女教育をどうするか決めてからでいいだろう。

状況が変わったことを皇帝も理解してくれるさ。

どうしようもないこととはいえ、後手後手に回ってしまっている。

こんな事態、事前に考えておくなんて無理だって……。

枢機卿《すうききょう》は元々帝国に向かう予定だったから丁度いい。彼はローゼンハイムから飛行船で帝都に向かうのかな?

俺も急ぎ帝都に向かった方が良いのか悩ましい。こんな時、電話があると便利なのだけど、無いものねだりをしてもなんら進展しないからな。

競技場の完成とかペンギンとの楽しい商品開発とかに浮かれていた気持ちが全《すべ》て吹き飛んだよ。

トボトボと執務室に戻ったら、シャルロッテが笑顔で書類を抱えて待っていた。

「それ……全部？」

「いえ。まだあります！」

「うへえ」

「半年前に比べ、ヨシュア様まで回って来る書類は半分くらいになったであります！」

「そうなのか！　すげえな。半年前の俺」

「はい！　ですがご安心ください！　政務に携わる時間はほぼ変動なしであります！」

「……」

「ご不満でありましたか……」

「あ、いや」

不味《まず》い。この流れは不味い。

シャルロッテのことだから確実に俺の想《おも》いと真逆のことでシュンとしている。

「待って。これから更に増える予定だから！　な。新聖女のことは伝えたよな」

「まさしく天啓であります。本案件はヨシュア様だからこそ解決に導くことができることであります！」

「そんなことは……無いと思うけど。オラクルで出た案件だ。ちゃんと面倒を見なきゃだな」

「はい！」

いい笑顔でキラッキラに目を輝かせちゃって。

でもま、彼女が抱えた書類にふっと目を細める。

立て続けに聖女のことで翻弄《ほんろう》されていたけど、彼女が書類を持ってきて日常が戻ってきたようで少しだけホッとした。

……なんて思っていた自分をぶん殴りたい。

「多い。多い。多すぎる。これで本当に半分なのかよ！」

一時間くらい書類と格闘していたが、減った気がしないぞ。

執務室に一人だったものだから、出るわ出るわ。次から次へと愚痴の嵐《あらし》が。

「だあああああ！　ちきしょおお。無心だ。心を無にするのだ。しからば道は開かれん」

「キミは叫ばないと仕事ができぬのか」

「む。涎《よだれ》魔人。いつの間にそこに」

「なんじゃその呼び名は……。さっきからずっとここにいたのじゃが」

ソファーに寝そべり足をパタパタさせているセコイア。

全く気が付かなかったぞ。

「……それだけ俺が集中していたってことさ」

「人の世の仕事なるものが良く分からぬボクでもそれは苦しいと分かる」

「そ、そんなことないさ。さっきから精悍《せいかん》な顔で仕事をこなしていただろう」

「だらしなくは無かったが、精悍さなぞ微塵《みじん》もなかろう。悲愴《ひそう》の間違いじゃろ？」

「キイイイ」

「……全く。少し気分転換でもしたらどうじゃ？」

「そうだな。あと一時間頑張ったら息抜きしよう」

「一時間頑張る前にルンベルクがそこに来ておるぞ」

「マジで」

ルンベルクは足音を全く立てないから扉口まで来てても気が付かないんだよね。

セコイアの言葉通り、コンコンと扉が叩《たた》かれルンベルクが顔を出す。

狐《きつね》がルンベルクの存在に気が付いていたことを今更不思議には思わないし、驚きもしない。俺も耐性がついただろ？　ははは。

何故《なぜ》ルンベルクが来たのかも分かっている。

そうだ。俺が彼を呼んだんだよ。

「ヨシュア様。お待たせいたしました」

胸に手をあて見惚《みと》れるほど綺麗《きれい》な礼をするルンベルク。

姿勢に一切の乱れがないのはさすがである。

「帝都に向かいたい。明朝出発したいのだけど、ルンベルクかバルトロかリッチモンドさんの誰《だれ》かに操舵《そうだ》を任せたいんだ。行けそうかな？」

「全員問題ございません」

「だったら、ルンベルクとリッチモンドさんの二人に任せていいかな？　夜にはオラクルに戻るつもりで飛行船の手配を頼めるかな？」

「畏《かしこ》まりました。風魔法の使い手は別途ご準備されますか？」

「そうだな。セコイアも来る？」

「うむうむ」と頷《うなず》く彼女を見て、ルンベルクに「必要ない」と返答する。

シャルロッテも連れて行くことができれば連れて行きたいところだな。

ルンベルクが部屋を辞して、パタンと扉が閉まったところでセコイアと目が合う。

「よし。息抜きしよう」

「一時間頑張るんじゃなかったのかの？」

「ははは。そんなこと言ってましたっけ？」

「ボクはまるで困らんがの。そうじゃ。ガラムからおもちゃが届いておるぞ」

「お。調整してくれたのかな？」

「宗次郎曰《そうじろういわ》く、問題ない、とのことじゃ」

「よおし。久しぶりにやってみるとするか」

意気揚々と執務室を出る俺であった。


テラスで寝そべって日向《ひなた》ぼっこをしているオレンジ色の爬虫類《はちゅうるい》の姿が見えたので、彼も遊びに誘うとしようか。

「ニクニク」

「齧《かじ》ったらダメだぞ！」

日向ぼっこをしていて動かなかったオレンジ色の爬虫類をむんずと抱き上げ……思った以上に重たかったので手を離し……。

いやいや、その話じゃなくてだな。

彼はそもそもテラスにいたから動かす必要なんてなかった。

セコイアがお届けもののおもちゃを取って戻ってくる。

彼女が胸に抱えるのはボールだ。バスケットボールより一回りくらい小さい。色は紫色である。

覚えているだろうか。アストロフィツムで染めたんだよ。アストロフィツムはサボテンの一種でここオラクルに自生していた。

ダイナマイト型魔道具を染める時にもアストロフィツムで染めようかなと思ったのだけど、毒々しい色だってことで止《や》めにしたんだ。

ダイナマイト型で紫だと毒霧が出てきそうなのだもの。俺の偏見であることは認める。

「ほれ」

「ありがとう」

セコイアから紫色のボールを受け取った。

しげしげと縫い目を見つめる。

……俺に分かるわけがないので、使い心地を試してみることにした。

こいつはホウライから輸入したゴムでできている。

ゴム製品で作ってみたかったものの一つがタイヤだったのだけど、工業製品だけじゃなくて遊具も作りたいと思ってさ。

革のボールがあるにはあるんだけど、革にゴムで補強する形がいいかなとガラムに相談中である。既に革とゴムのボールもサンプルができているんじゃないかな……ガラムのことだし。

今手元にあるボールはお試し用で、ガラムから修正点がくれば更に改良し製品化する予定だ。お試し用より小さくしてハンドボールくらいがいいかなと思ってる。

紫色のボールを地面に落としてみた。

土の上だとあまり跳ねないか。石畳の上ならどうだ？

ぽーん。

落としただけでも腰上くらいまで跳ねた。

「どうじゃ？」

「いい感じだよ。丁度いいと思う」

ピクピク狐耳を動かすセコイアにうんうんと頷く。

紫色のボールを軽く押すと、いい感じで反応が返ってくる。

どうやってボールの中に空気を入れようか、とか頭を悩ませたけど自転車用の空気入れの設計図をペンギンが作ってくれていた。

設計図を見たところ、そんなに複雑ではないことが分かる。チューブ部分に使うゴムがあれば、量産も問題ない。

「この分だと自転車も作れそうな気がする」

「何じゃそれは？」

「ペダルをこいで進む台車みたいな」

「押すよりは動かしやすそうじゃの」

「うんうん。馬よりは遅いけど、走るくらいの速度は出るんだ」

「ヨシュアが走るくらいの速度ではないんじゃよな？」

「……アルルやバルトロよりは全然遅い」

「ゆっくり走る馬車くらいのものかの」

「んー。それくらいじゃないかな」

などとセコイアと会話しつつ、オレンジ色の爬虫類ことゲラ＝ラに向けて紫色のボールを転がす。

コロコロと彼の前を転がるボール。

しかしあろうことかこの爬虫類は目を開けもせず、前脚をピクリとも動かさなかった。

ボールが虚しくそのまま転がっていく。

「ほおら。ゲラ＝ラ。ボールだぞお」

「……」

呼びかけてもピクリとも動かねえ。

たまにはペットとキャッキャウフフしようと思ったけど、所詮《しょせん》爬虫類《はちゅうるい》では上手《うま》く行くわけがないか。

無言でボールを拾い上げ、近くにあった平たい籠《かご》をズリズリと引っ張ってきた。

葦《あし》を編んで作ったものかな。平らといっても食器のボールを大きくしたようなもので、丁度いい。

籠から少し離れてボールを投げる。

明後日《あさって》の方向に行ってしまった。

「何をしておるんじゃ？」

「ここからボールを投げて、あの籠に入れる遊びをしようかと」

「ほう。ボールは良く跳ねるからの。石を入れるより面白いかもしれんな」

選手交代。

今度はセコイアがボールを両手で挟み、えいやっと投げる。

ボールが真上から籠に入って、ぽーんと垂直に跳ねるもまた籠へ。もう一度ボールが跳ねて籠の中に収まった。

「え、ええぇ……」

「こんなところじゃな」

「いやいや。たまたまだろ」

「全く。疑り深いのお」

再度セコイアがボールを投げる。今度も同じ軌道で籠の中にボールが収まった。

いやいや。まぐれが続いただけだ、ともう一回お願いしたら結果はまたしても……。

こいつ、何か魔法を使っただろ。

ちょうど尻尾《しっぽ》をフリフリして歩いていたアルルを捕まえ、彼女にもボールを投げてもらったんだ。

「えい」

「そうだよな。普通そうなるよな。籠に行ってもボールの勢いで外に出る」

「ん？」

「セコイアがさ。真上からボールを落として籠に入れたんだよ」

「分かったー」

えへへーと笑顔を見せたアルルがぽーんとボールを投げるとセコイアと同じ結果となった。

「念のため、何か魔法を使っていたりしないよな？」

「アルルは魔法。使えないよ？」

「セコイアが何かしていたり」

「遊びに魔法を使うわけがないじゃろ」

「えええええ。いやいや、ボールを投げる練習をしていたわけじゃないだろ」

セコイア、アルルは同じ仕草で頷く。

揃《そろ》って耳を動かしている姿に癒《いや》された。

……じゃなくてだな。

「最初からそんな上手く行くはずがないって。それに全く同じ軌道を描くとか人間技じゃない」

「ボクは人間ではないからの」

「アルルも。猫族だよ」

種族の人間を指しているわけじゃないんだああ。

と突っ込むのもあれなので、大人な俺はスルーすることにして今度は自分でボールを投げる。

籠にさえ当たらない。

何度か投げてみたが、籠に当たるだけでもラッキーくらいだったぞ。

「閣下！　このようなところに！」

「やべ」

少し休憩するだけのつもりが結構な時間をここで過ごしていたらしい。

シャルロッテに捕捉《ほそく》されてしまった。

ん、書類を持っている感じじゃないな。手提げ用の籠を握りしめているが……。

どうしたんだろうと様子を窺《うかが》っていると、シャルロッテが顔が引っ付きそうなくらいまで接近してきた。

「シャル？」

「も、申し訳ありません。閣下のお考えに少し興奮してしまい」

「んん？」

「ゲラ＝ラ氏のお食事時間にこうして閣下にお会いできるなど思っても見ませんでした！　政務の合間を縫って閣下もゲラ＝ラ氏と」

「え、あ」

「ご心配なさらないでください！　私がお食事を持ってきております！」

籠にかかった布を得意気に取り去るシャルロッテ。

中はブロック状に切り分けられた生肉だった。

「ニクニク」

肉の匂《にお》いを嗅《か》ぎつけたオレンジ色の爬虫類がむくりと起き上がる。

さっそく籠を地面に置いて彼に肉を与えようとしたシャルロッテに待ったをかけた。

「これだ！　行くぜ」

籠から肉の塊を掴《つか》み、ぽいっと軽く投げる。

投げた放物線が上昇しきる前に大きな口でキャッチし咀嚼《そしやく》するゲラ＝ラ。

「まさか落ちて来る軌道じゃなく空に向かう軌道の時にキャッチするとは。次行くぞ」

「ニクニク」

投げる。ゲラ＝ラの口の中に納まった。

そうか。意地でも肉を落とさないつもりだな。

いいだろう。まだまだ肉はある。

ボールのことはどこへやら、肉を必死で投げ込む俺であった。


「ニクニク」

「ほーれほれ」

……俺は一体何を。

息抜き兼ニューボールの使い心地を確かめようと思っていたのに、何故か餌付けをしている。

シャルロッテが恍惚《こうこつ》とした顔でこちらを見つめているし、いつの間にかセコイアとアルルがいなくなってた。

アルルと言えば護衛がいないじゃないかと思うかもしれない。

しかしだな。屋内にアルルがいれば傍《そば》に付かずとも大丈夫なのだって。それならそうともっと早くに言ってくれればよかったのに。

確実に俺が聞いていたのに忘れてただけだろうけど。物忘れが酷《ひど》くて困る。ひょっとしたら、数か月前にも同じことを言っていたような気がする。

「シャル、おーい」

「……っ！　閣下とゲラ＝ラ氏。素敵過ぎであります。つい我を忘れて……」

「肉をあげているだけだったけど……正直ちょっと楽しかった」

「そうでありましたか！　今後は閣下もゲラ＝ラ氏のお食事を与えられてはいかがでしょうか」

「う、うーん。忘れそうだから。引き続き、シャルが世話してあげて」

「はい！」と敬礼するシャルロッテ。

餌やりを一回でも忘れたら、「ニクニク」と執務室までやってきて足を齧《かじ》られそうだものな。

本能のままに行動しているが、これでも一応、覇王龍の監視役なんだっけ。オレンジ色の爬虫《はちゅう》類《るい》は。

「ゲフ」

満腹の汚い息を吐くゲラ＝ラはとても超越者の使者には見えなかった。

覇王龍ことリンドヴルムは割に威厳ある感じなのだけどなあ。まあ、こっちの方が接しやすい。

飛行船でいざという時に護《まも》ってくれたし。彼は餌代以上の活躍をしてくれているから良しだ。

覇王龍からゲラ＝ラを通じて俺に何か言ってくることも無いし、口を出してこないことには安堵《あんど》している。

そうだ。たまにはゲラ＝ラも連れて行こうか。確か、帝国には行ったことがなかったはず。

帝国と旧公国の国境線付近にまで飛行船で行った時が彼にとって最も帝国に近づいた時かな。

そう、公国北東部の悲劇に対処すべくダイナマイト型魔道具を空から撒《ま》いた時だよ。

「シャル。ゲラ＝ラも飛行船に乗せよう。すぐに餌を準備できそうかな」

「問題ございません。明朝までには飛行船に積み込みをしておきます」

「保冷庫を積み込んでも良いよ」

「閣下……ゲラ＝ラ氏のためにそこまで。男子の友情に胸が震えます」

頬《ほお》を桜色に染めちゃって、一体何を想像しているのだろう。

もはや突っ込む気力を無くした俺である。

爬虫類はペット。友人かどうかと言われれば、ペットとは言え喋《しゃべ》るのでそうだと答えると思う。

とはいえ、男同士という感覚にはなれないな。

ペンギンならゲラ＝ラと違ってシャルロッテのご想像する通りになるけどね……ゲラ＝ラだものなあ……。

さて、シャルロッテの恍惚《こうこつ》とした顔は見なかったことにして執務室に戻る。

その後は「無」になることに成功したので、書類を片付けることができた。

終わった頃《ころ》にはすっかり暗くなっていて、ペンギンと一緒にお風呂《ふろ》へ入る。

彼は最近ずっと鍛冶場《かじ》にこもっていたから一緒に風呂へ入るのは久しぶりだ。

彼との話題はいつもの日本についての昔話（主に科学）である。

「ペンギンさん。この世界にも保冷庫があるのだけど、もうちょっと使いやすいものって作れないかな？」

「保冷庫は手間がかかるのかい？」

「ペンギンさんは保冷庫を見たことがなかったっけ？」

「屋敷のキッチン奥にある金庫みたいなものであってるかい？　随分と重たそうだ」

「うん。重たいし、かなり高価なんだ」

「魔法金属で覆っているのかな」

「ご名答」

保冷庫は薄く伸ばしたブルーメタルの板で二重構造になっていて、二センチほどの隙間《すきま》がある。

その内側は三センチくらいの木材になっているので、大きさの割に中の容積が少ない。

金庫みたいとの表現は言い得て妙である。

ん。待てよ。

「えっと。素人《しろうと》考えだけど、聞いて欲しいことがあるんだ」

「何かね」

湯船でバタ足をしつつ応《こた》えるペンギンに和む。

ほんと見た目じゃわからないよなあ。彼の頭脳は一国にも勝ると俺は思っている。

そんな彼であるが、こうして受けこたえしていても姿だけを見るとペンギンが遊んでいるだけにしか見えないんだもの。

ふと思いついたのはボールペンなんだ。

「プラスチックを使った製品のことを相談したことがあったじゃない」

「まだ継続中だったね。何かいいアイデアが浮かんだのかね？」

「保冷庫に入れていた食品を見て思い出したのだけど、食品を配送する時に発泡スチロールの箱に入れて送るじゃないか。発泡スチロールってプラスチックじゃなかった？」

「発泡スチロールはポリスチレンでできている。発泡プラスチックの一種だね」

「ポリ……何とかは発泡プラスチックって名前からしてプラスチックなんだよね？」

「確かにそうだが、魔工プラスチックは植物樹脂に近い。発泡プラスチックのように加工できるのかは未知数だね」

いいアイデアだと思ったんだけどなあ。

ペンギンの口ぶりからして難しそうだ。

すると何を思ったのか、ペンギンが湯の中に嘴《くちばし》を入れ息を吐き出し始めた。

ブクブクとお湯から泡が出て来る。

「ペンギンさん……」

「これが発泡だよ。発泡スチロールの九十八パーセントは空気でできている。だから軽くて断熱性が高い。加工もしやすくそれなりに頑丈だ」

「魔工プラスチックに息を吹きかければいいってこと？」

「それでは難しいね。仮にポリスチレンが合成できたとしても発泡スチロールへ加工できるほどの工業技術を持つ……には相当な時間がかかると思う」

「そっかあ」

肩を落とす俺に対し、湯船から出てきたペンギンがペシペシと俺の背中を叩《たた》いた。

彼なりに俺を励ましてくれてるらしい。

振り向くと器用にフリッパーを折り曲げて肩を竦《すく》めるポーズのつもりをしたペンギンがパカンと嘴を開く。

「ポリスチレンの原料はある」

「黒い湖のところかな」

「そうだとも。でもね、ヨシュアくん。原油とナフサからポリスチレンを生成することじゃなく、ここが地球じゃないことを活《い》かす方が私たちの世代で使えるものができるのではないのかな？」

「ええと。魔工プラスチックのようにこの世界ならではの素材で発泡スチロールの代わりになるようなものを探そうってことかな」

「いかにも。目的を定め、適合する素材を探す。これほど心躍ることはない」

「今回の場合は手軽な断熱材を目標にすればいいか。軽くて持ち運びできるような」

「そうだね。面白い研究テーマだ」

ははは と笑ったところで、外から俺たちを呼ぶ可愛《かわい》らしい声が。

「ヨシュア様ー。溺《おぼ》れてない？　ペンたんがいるから、大丈夫？」

「少し長話をしてしまっただけだよ。すぐ出る」

声の主はアルルだった。

話に夢中になって長風呂《ぶろ》になってしまったみたいだな。

第五章　もう一人の新聖女は帝国に

まさかこんな短期間で再び帝国に来ることになるとは思ってもみなかった。

飛行船が稼働し始めてから随分と外国が近くなったよな。レーベンストック、帝国、そして遠い異国の地であるホウライ。

共和国の大陸最大の都ジルコンにも仕事ではなく観光目的で行ってみたいな。

ジルコンは俺たちの住む大陸と外を繋《つな》ぐ玄関口だ。港の規模が他と段違いで、船舶がひっきりなしに往来しているという。

海の見えるカフェでコーヒーを飲みながらまったりする……そして夕焼け空にため息なんかついたりして。

いい、とても良いぞ。

「間もなく到着いたします」

妄想に浸っていたら、無常にもルンベルクの渋い声が耳に届く。

見せてはいけないと思いつつも、ついつい残念そうな顔になってしまった。

それをまともにシャルロッテに見られるというハプニングが。

彼女はゲラ＝ラに餌をやる手を止め、肩を震わせる。

「閣下。も、申し訳ありません」

「謝られるようなことをした覚えはないけど。疲れた顔をしていたように見えたかもしれないけど、ちゃんと休んでるからね」

「い、いえ。閣下のご気分を損ねてしまい。深く反省しております。まだ半分あります！　どうかこれで」

「え、いや」

ゲラ＝ラに与える餌をズズイと前にやられても弱るんだけど、シャルロッテの頭の中は一体どうなっているんだろう。

俺が餌を与えることができなくて、深刻な顔をしていたと思ったんだよな。

「シャルが残りもやってくれ」

「そ、そんな。閣下の寛大なお心は重々承知しております。ですが、既に自分は半分もお食事の提供をしてしまいました」

「い、いいから。お、俺はほらペンギンさんがいるし」

「ペンギン氏はご自分で食事をなさいます……」

謎の押し問答に対し、助けを求めるようにアルルへ目を向ける。

しかし、彼女はニコニコしたまま首を傾けるだけだった。

そこへできる男……いやできるペンギンが右のフリッパーを器用に折り曲げる。

「ヨシュア君。余り待たせるのは良くなさそうだ」

「ニクニク」

ゲラ＝ラの大きな口から涎《よだれ》がダラダラととめどなく流れ出していた。

「ほら、シャル。早く餌をあげて。もう到着するから。俺は俺で準備が必要だ」

「本当によろしいのですか？」

渋るシャルロッテの背中を押し――。

うお。

そう言えばそろそろ到着するってルンベルクがアナウンスしていたな。

ガタンと揺れた飛行船の傾きが立ち上がったところで来たものだからよろけてしまう。

シャルロッテの背中に当てた手がそのまま彼女を押し込むような形になってしまって、このまま彼女が前に倒れてしまったら生肉に顔をつっこむ大惨事だ。

しかし、アルルがシャルロッテを支えてくれて事なきを得た。

肉は耐え切れなくなったゲラ＝ラが自分で貪《むさぼ》り始める事態に。

ま、まあいいか。結果的に彼の欲は満たされたのだ。

◇◇◇

帝国につくなり、騎士たちに囲まれて皇帝の紋が入った馬車へ案内される。

騎士団長と名乗る偉丈夫から「皇帝がお待ちです」とだけ告げられそのまま王城へ。

今回は急だったこともあり、同席できたメンバーはシャルロッテとルンベルクに加え、風呂からそのままなし崩し的に連れてきたペンギンと餌で釣ったゲラ＝ラである。

ペット同伴であっても、当たり前のように全員で馬車へ乗った。騎士団長も嫌な顔一つせず、むしろ恐縮した様子で挨拶《あいさつ》もそぞろに案内したことを詫《わ》びてくれるほど。

この辺りからも帝国の政治が上手《うま》く行っているのが計り知れるってものだ。

相手が俺だからというのはもちろんあるだろう。だけど、不穏なことを考えていたら、必ずどこか態度に出る。

彼からは何気ない所作からもそういった雰囲気は感じられなかった。

通された広間では既に皇帝が待っていてくれて驚く。

皇帝が客人より先に広間にいることなんて異例だったのだから。慣例として皇帝本人でなく相手の身分に応じて大臣なりが迎え、皇帝は後から入室する。

それが彼本人が待ち構えているなんてどうしたのだろう？

「ヨシュア殿。お待ちしておりました。かの賢公ならば必ずすぐさま訪問されると確信しておりました」

「ご本人がいらっしゃったので驚きました。早速お会いできて光栄です」

「一刻も早くヨシュア殿と会談を行いたかったのです。ヨシュア殿を見習い、慣例はあくまで慣例であり縛られることなかれ、と」

「聖女より、帝国にも新聖女が誕生したと聞いています。お耳に入っているかもしれませんが、オラクルでも新聖女が誕生しました」

「連合国の枢機卿《すうききょう》より聞き及んでおります。帝国の預言持ちからも進言がありました。詳細はヨシュア殿から、とも伝えられています」

「そうでしたか！　確かに私の口からお伝えした方が……ですね」

「先に帝国側の新聖女について紹介させてください」

皇帝にしては嫌に余裕がないように見える。

いつも落ち着き払った彼が珍しい。待ち構えていたことといい、彼にとって新聖女は余程困惑するような人物だったのだったのだろうか。

合図とともに金髪でツインテールの少女が広間に入って来る。

年のころはセコイアと同じくらいに見え、オラクルの新聖女マルティナとも歳《とし》が近そうだ。

なるほど。確かに彼女が新聖女となれば皇帝が一刻も早くとなる気持ちも分かる。

彼女はリリーゼグント・コンラート・ザーリア。帝室であるザーリア家の第四皇女である。通称リリー。

彼女とは帝国の図書館で会った時以来だ。

「神託を授かり、新聖女となったリリーゼグント・コンラート・ザーリアです。ヨシュア様。ご無《ぶ》沙汰《さた》しております。ご機嫌麗しゅう存じ、いたっ！」

「リリー。噛《か》んでる。いつも通りでいいよ」

「これがリリーのいつも通りでごじゃり……」

「皇帝の前だとまずかった……?」

「もういいや。お父様。ヨシュア様はリリーにいつも通り喋《しゃべ》れと命じております。よろしいでしょうか?」

リリーの問いかけに皇帝は苦笑し「ヨシュア殿が許可するならば、良い」と言ってくれた。

改めてなのかリリーはスカートの端をちょんとつまんでお辞儀する。

社交界デビューはまだであろうから、畏《かしこ》まった挨拶は慣れていなそうだ。

俺と気さくに喋ってくれる人は少ないし、以前のように接してくれた方が嬉《うれ》しいんだけどなあ……。


「終わり。やっぱり無理い。お姉さまのようにうまくできないよ」

「おいおい覚えていけばいいんじゃないか? 特に急ぐ話でもなし」

そう諭すとリリーはじーっと俺を見上げてきてコクリと頷《うなず》く。

「うん。もう、ヨシュア様。そうやって誰《だれ》にでも優しくして口説いているんでしょー」

「待て待て。皇女を口説くなんてことはしたつもりはない」

「全くもって問題ないですぞ。どうぞ、口説いてください。ですが、聖女としての勤めが終わるまでお待ちください」

皇帝ってこんなお茶目な人だっけ?

俺とリリーの様子に緊張の糸が切れ、毒気を抜かれたってところか。

リリー登場前の切羽詰まった空気はどこへやら、和やかな雰囲気で会話が続く。

「我が娘が聖女に……と、名誉なことでありますが正直困惑しております」

「帝国の皇女ともなりますと、帝室の教育と併せて行わねば……ですので聖女教育と折り合いをつける必要がありますね」

皇帝が悩むのも分かる。聖女となれば、聖教会に身を委ね教育を受けるのがこれまでの聖女教育だ。

聖女教育は聖女としての立ち振る舞いやらを学ぶのだが、多くは学校教育と変わらない。学校教育……と言ったが一般の学生と同じ学び舎《や》で授業を受けるわけじゃないのだけどね。

聖女には深い教養も求められる。人々を導く存在なのだから、これまで歩んできた人々の成果の一つである叡智《えいち》を学び身に付けるというわけだ。

叡智と言うのは大袈裟《おおげさ》だよな。要は日本で言うところの高校までの学問を学ぶ。もちろん、日本の高校とは学ぶ科目が異なるけどね。実際に見た記憶があるようなないようなだけど、アリシアは魔法を使う。

これも学校教育に含まれている賜物《たまもの》なのである。魔法に関しては学校で学ぶもの全《すべ》てを学習できるわけではない。聖女は人を傷付ける魔法を忌避し、聖魔法と呼ばれるカテゴリーの魔法を学ぶ。

なんか随分詳しそうじゃないかって？

俺も……一応学校教育を受けてきたからな。座学はそこそこ。他はてんでダメ。魔法に至っては発動しなかった記憶だ。

あの時の教師の顔……忘れもしない。腫《は》れ物《もの》に触るような、あのなんとも言えない感じ。ハッキリ言ってくれりゃいいのに。「公子には言えぬ、言えませぬ」てわけだ。

「魔力密度3じゃのう」

う、うるせえ！

どこからか狐《きつね》の声が聞こえた気がしたが、気のせいに違いない。

魔法で頭の中に声を届けるという荒技もあるから必ずしも俺の脳内妄想と言い切れないのが怖いところである。

……と、話が逸《そ》れたが、聖女は通常の学校教育も受けるんだ。連合国ではかなり浸透してきた中等教育までではなく、一部の生徒しか進学しない高等教育まで。その先に大学という専門教育があったりするが、聖女は高等教育まで。もう一つ言うと、聖教会が準備した専用の場所で授業を受ける。

理由は単純だ。

彼女らの年齢は神託のギフトを授かる十歳前後から神託を失う十六から二十前後までとなる。そう。多くは大学に行くまでの年齢に達していない。

アリシアは今幾つだったかな。

ひょっとしたら彼女は大学教育を今まさに受けているのかもしれない。場所はもちろん教会で。

リリーの場合は通常の聖女教育だけじゃ足らない。問題は聖女の務めは期間限定ということ。

彼女は神託を失った後、皇女として政務に励む。しかし、皇女に復帰してからでは皇女教育を始めるに遅過ぎる。教育期間はいつからいつまでか把握していないけど、彼女の年齢であれば皇女教育の真っ最中だろう。

つまりだな。聖女教育に加え、皇女としての教育もこなさねばならないのだ。

「ねね、ヨシュア様」

「聖教会とリリーの教育係との調整をお願いしないと、ですね」

「教育時間そのものはリリーの体に負担がない程度には収めることができる試算です……」

なるほど。皇帝の言わんとすることは分かった。帝室の教育係が皇女教育に加え通常学問を受け持ち聖女関連の教育は聖教に委ねるのなら、と言うことだよな。

聖教会での教育は神父やシスターが行う。彼らに皇女教育を施すことはできないのだから。

う、うーむ。

聖教会に帝室所縁《ゆかり》の人をねじ込まねば、リリーの将来が危ぶまれる。かと言って、皇室の人を引き続きリリーの教育係として随行させれば政治的な意図とも取られかねない。

皇帝や帝国にその意思がなくとも、聖教会は世俗の権威とは別のところにあるのだ。

世俗の教育係、しかも帝室となると……悩ましい問題だよな。

そうは言っても――。

「ねね、ヨシュア様ー」

「私からも口添えさせて下さい。リリーの教育係を付けるよう、枢機卿に申し出ます」

「ヨシュア殿。さすが判断が早い。私は未《いま》だに迷っておりました。伝統と慣例は帝国を帝国たらしめるものです。聖教会の独立性を損なわせることは帝国の意思ではありません。お恥ずかしい話、今日ここでヨシュア殿を待ち構えましたが、それだけで落ち着かなくなってしまいました」

愚直に自らの想《おも》いを吐露する皇帝に「そうだよな」と内心頷く。

それにしても、俺のイメージしていた皇帝と帝国の皇帝は随分とイメージが違う。

他の人にはどうか分からないけど、俺と接している分には中間管理職の人の良い上司って感じだ。

物腰柔らかで自分の意見をキッチリ述べつつ、人の話に耳を傾ける。

個人的にはとても好感が持てるんだよね。皇帝としては頼りないと思う人もいるかもしれない。

かつての俺の上司とは偉い違いだ。全く……。

いやもう、前世の上司を振り返る気なんて毛頭ないのだけどね。

「ねね。ヨシュア様ってばあ」

う、うーむ。

口添えすると言ったものの、連合国と帝国双方から「政治的には何もありません」と宣言したら、それはそれで他国から変に勘ぐられるかもしれんな。

「現聖女様が引退したら付き合う約束をしているって本当？」

「違うわ！」

「ええー。そうなんだ。あれほど綺麗《きれい》な人、リリーは見たことないよ」

「確かにアリシアは綺麗だけど……そういうんじゃないからな」

さっきから呼びかけてくれていたみたいだけど、全く気が付かなかった。

痺《しび》れを切らし根も葉もないことをのたまうとは、やるではないかリリーめ。

皇帝が本気にしたらどうするんだよ。全くもう。

「ほう。ヨシュアくんはアリシアくん狙《ねら》いかね」

「ペンギンさん。いつの間にそこに」

ビクッとした！

だって足もとにペンギンがいて、「よ」と左のフリッパーを上にあげているんだもの。

「さっきから椅子の下にいたよ。アルルくんが後ろに控えているのは把握しているかね？」

「さすがにそれは。セコイアは『会議なんてつまらん』とどっかに行ってて、ルンベルクは帝国の騎士団長と積もる話でシャルは政務……だったはず」

「そうだね。特に用のない私はここにいるというわけさ」

「ペンギンさんがいてくれるとこれほど心強いことはないよ」

「そうかね。政治や宗教の話ではお役に立てないがね」

「それでもさ。ペンギンさんがいると安心するんだよ」

「ははは。君を慕う人たちの気持ちが分かるよ」

そうかな。

皇帝以上に俺の方が為政者として頼りないと思うんだけどね。

しかし、ペンギンと会話したことで悩んでいた頭をスッキリさせることができた。

何気ない会話を交わしているだけだというのに、彼の人徳だよな。うん。

ペンギンとの会話が途切れたところで、今度は皇帝がカッと目を見開く。

妙案が浮かんだのかもしれないぞ。

「ヨシュア殿」

「はい」

期待の目を彼に向け、前のめりになる。

「現聖女とそのような約束を？」

「……全くもって……」

そこかよおおお！　期待した俺の宙ぶらりんになってしまったこの気持ち、どうしてくれる……。

俺の心など知りもしない皇帝は胸に手を当て安堵《あんど》の息を吐く。

俺、何しにここに来たんだっけ……？

深刻な顔で俺を待ち構えていた皇帝の頭の中は新聖女となったリリーのことで一杯だったはず。

俺は自分の娘が聖女になることを望まないし、面倒だとか娘に職業選択の自由がなくなるじゃないか、という気持ちが先に立つ。

敬虔《けいけん》な聖教徒にとって神託を授かり聖女になるということは非常に名誉なことだ。家族ももろ手をあげて聖女となった娘を送り出す。

皇帝は俺と異なり敬虔な聖教徒であり、毎日の祈りもかかさない。

彼にとっても娘が聖女に選ばれるということは名誉なことである。喜ぶ気持ちもあるだろう。

しかし、彼の立場が素直に喜ぶことを許さない。皇女は一生を聖教会へ身をゆだねることができないのだ。

そんなわけで彼は困惑し悩みを抱えていた。なので、俺を今か今かと待ち構えていたのだけど……どうなってんだよ、この状況。

「あ、あのですね」

「はい！」

憂いに満ちた顔はどこへやら、目を輝かせながら食い気味に返事をする皇帝。

俺の結婚のことじゃなく、リリーのことだろ。今は……。

仕方ない。こうなっては結婚話に満足するまで気持ちが戻ってこないかもしれないな。

だが、そいつはお断りだ。

俺の持ってきた爆弾を喰《く》らうがいい。

「連合国からも新聖女について詳細を私から述べるとお伝えしていたかと思います。聞いてくださいますか」

「……はい」

妙な間があったが、気にせず続ける。

「オラクルの新聖女は聖教徒ではありません。エルフ族の少女です」

「……！」

「彼女はエルフ族が信仰する神を信仰しております。世界樹という神木になるのですが……陛下？」

「し、失礼いたしました。余りのことにヨシュア殿の言葉が耳に届いておらず」

「新聖女……マルティナというエルフ族の少女なのですが、彼女は異なる神を信仰しています。連合国の枢機卿《すうききょう》と現聖女と相談をしたのですが、彼女を聖教徒へ改宗させるわけにはいきません」

「そ、そうですな。信仰は本人の意思に基づくものです。本人の意思に反し、改宗させることは聖教の教義にも反します」

思わず指先をひし形に動かす皇帝の気持ちも分からんでもない。まさしく「おお、神よ」な状態なんだろうな。

だけど、神に祈ったところで答えは出てこないのだ。神託や預言は些事《さじ》を指示してくれることなんて無いのだから。

それにしても、地球の血みどろの歴史を知っている俺からすれば、聖教のなんと平和的なことよ。

他宗教に対する迫害禁止。信仰の強制の禁止。「神の名の下に」と称した戦争の禁止。

代表的なところとしてはこの辺だが、有名無実になっているわけじゃなく徹底されていることが素晴らしい。

教義が守られているのは「神の声」が実際に聞こえるからだろうな。

神託と預言は神がもたらすもの。

そして、神託と預言は「必ず」起こる。こうして絶対的なものを目に見える形でもたらすものだから、人の世の都合で宗教が利用されることを抑止してくれたのだと思う。

良し悪《あ》しはあるだろうけど、俺はこの世界の宗教が嫌いじゃない。敬虔な聖教徒にはなれそうにもないけど、ね。

宗教に関しては聖教だけじゃなく他の宗教に対してもフラットでいたい。

俺の我がままだと分かっているのだが、どうにも地球にいたころの感覚が抜けなくて困ったものだ。

「新聖女マルティナの聖女教育をどうするか、ということをご相談したかったのです」

「ヨシュア殿。教育の前に協議をせねばならぬ事があります」

協議……？　一体どんな協議をすると言うのだろうか。

まさか俺の結婚話ではないよな。さすがの皇帝でも後回しにするよね。うん。

内心、戦々恐々としつつ皇帝に尋ねる。

「協議とおっしゃいますと？」

「新聖女が二人以上の場合の取り決めについて覚えていますか？」

「もちろんです。帝都で聖女教育を行う、といたしました」

「ヨシュア殿の寛大な心遣いを有難く思っております。ですが、今一度。取り決めを思い出して頂きたい」

皇帝は何が言いたいんだ。

取り決めについてはちゃんと覚えている。

「二人の場合は同国出身かどうかを確認し、同国の場合は該当国の枢機卿と君主が協議。異国の場合は当事国の君主と枢機卿で協議し、決まらぬ場合は争い無きよう第三国で教育を行う」である。

新聖女が二人誕生する予定となっていたので、事前に取り決めを行った。

今回は帝国と連合国で聖女が誕生したわけだから、「皇帝と俺に加え帝国と連合国の枢機卿で協議を行う」となる。

既に協議を行っており、「帝国にお任せします」となっていた。

二期連続聖女を連合国にて擁するのは余り良くない……というのは建前で本音は面倒事をなるべく抱え込みたくなかったから、である。

聖女が自国にいることの恩恵は計り知れない。経済効果を始め、君主の求心力も増す。

帝国にとって聖女による恩恵を受けることは願ってもないことだし、俺としては聖女を抱えることによる他国からの目を気にしなくて済むようになる。

「取り決めのことはハッキリと記憶しております。改めて協議を行いたい、ということでしょうか」

「改めて言うまでもないことですが、聖教は他宗教に対する迫害を堅く禁じています。ですので、世界樹を信仰する聖女となっても受け入れられるとは信じています」

「枢機卿は神々の世界で聖教の神と世界樹の神が手を取りあっている様子を俗世に伝えたものだと喜んでおられました」

「私も同じことを考えておりました。感激いたしました。神の伝える教義は神の世界でも同様だったのだと知ることができて」

「神がもたらす教義を神が実践していることは疑う余地がありませんが、こうして示してくれたことは僥倖《ぎようこう》です」

「おっしゃる通りですな。ですが、ヨシュア殿。帝都で新聖女マルティナに教育を施すことは難しいと言わざるを得ません」

「状況をお聞かせいただいても？」

タラリと背中に冷や汗が流れた。

ま、まさかの展開に頬《ほお》が引き攣《つ》る。

皇帝は帝都の状況を朗々と説明してくれたが、半分くらいしか頭に入ってこない。

帝都は聖教の総本山で臣民のほぼ全《すべ》てが聖教徒で、他宗教の神殿や教会が無いのだとか。

あったとしても、個人の家の中で個人的に祀《まつ》られているものくらいしかないとか。

あああああ。聞こえない。聞こえない。

と言いたいところだが、立場上スルーすることはできないのだ。大公って奴《やつ》はほんと罪なものだぜ。

聞きたくない話にもしっかりと耳を傾けなきゃならないんだからな。上の空だけど……。

一言でまとめると、帝都で世界樹を信仰するマルティナの教育を施すことは難しいということだった。

対するオラクルはどうか。

一定数のエルフはいる。世界樹を祀った神殿もある。教育係も神殿をあたればすぐ見つかると思う。

オラクルは連合国の街の中でもっとも人間の比率が低いのだ。

エルフだけじゃなく他の種族も多数いる。宗教的にも問題ない。

……条件が揃《そろ》い過ぎてるだろ……オラクル……。

意図してそうしたわけじゃないんだけどなあ。

神託と預言によって追放された俺を慕って追いかけてきた領民が始まりだけに、最初から人間以外の比率が高かったんだよね。

といっても、最も多くの人口比率を占めるのは人間だ。六割は超えていたはず。七割近かったかも。

◇◇◇

「凄《すご》い。凄いね！　ペンさん」

「そうだね。空から見る景色《けしき》は格別だ」

アルルに抱っこされたペンギンとリリーが飛行船の窓に釘付《くぎづ》けになっている。

リリーは余程嬉《うれ》しいのか、さっきからツインテールがピコピコ動きっぱなしだ。

俺？　俺はいつもながらセコイアを膝《ひざ》に乗せ真っ白けになっていた。

あの後、枢機卿も訪れてさ。あれよあれよという間にリリーとマルティナの教育をオラクルで行う事に決まってしまったんだよ。

正直なところマルティナにとってはベストな選択になったと思う。

一方でリリーにとってはそうじゃない。生まれ育った帝都で教育を受け、聖女となり、帝都の教会を拠点にする予定がオラクルだものな。

俺？　俺はもう……帝国にマルティナのことを口添えし後は帝国任せだったつもりが、全部自分に跳ね返って来て真っ白けというわけだ……ち、ちくしょう。

どうしてこうなった。

放心する俺の顔を見上げ大きな目をぱちくりさせるセコイア。

「気が抜けとるの」

「いつものことだろ」

「間違ってはおらぬが、気力がまるでない。そうじゃ。タルトを持って帰ってきたのじゃ」

「ニクニク」

セコイアなりに気を遣ってくれているらしい。俺の膝から降りた彼女はトテテと巨大な保冷庫を開ける。

そういや保冷庫を持ってきたんだったな。足下にいるゲラ＝ラのために。

保冷庫を設置すると乗船人数が減る。今回はセコイアを連れてきているので風魔法の担い手が必要ない。その分、人数的に余裕ができる。

からの保冷庫の設置だ。

もう少し手軽な重さになればいいんだけどなあ。今後の技術発展に期待しよう。

セコイアが保冷庫から取り出したるは切り分けていないホールのタルト。直径にして十五センチくらいかな。見た感じリンゴか梨か、その辺が花に見えるように装飾されている手の込んだもののようだった。

「ほれ。喰《く》うがよいぞ」

「ホールごといくの？」

「そうじゃが？　小さい切れ端では満足できんじゃろ」

「四分の一くらいがいいな。先に食べてもらっていい？」

「しょうがない奴じゃの」

「と言いつつ涎《よだれ》を飲み込むセコイアなのであった」

「こらああ！」

「ニクニク」

ははは。ありがとう、セコイア。おかげで気分転換できたよ。

彼女が手をべたべたにしながらも美味《おい》しそうにタルトを食べている姿を見ると癒《いや》される。

中身は違うが見た目幼女ってのはこういうとき良いよな。

和んでいたら小さな手に載せたタルトの切れ端を俺の口に突っ込んできやがった。

「の、ど……ア……」

「はい。ヨシュア様」

ごくごくと水を飲み、事なきを得る。

俺の様子を察知したアルルがペンギンを降ろして、すぐに駆けつけてくれたのだ。

彼女はコップだけでなく濡《ぬ》らした手ぬぐいまでセットにして持ってきてくれた。

「面白い顔をしておるの」

「むきいい。喉《のど》が詰まったのはともかく。このタルト、美味しいな」

「じゃろ。だから包んでもらったのじゃ」

「食道楽を満喫しているな」

「せっかく遠くまで行くのじゃ。普段食すことができぬものを探すのも良いぞ」

「今回は露店巡りの時間を取れなかったからなあ……また近くジョウヨウに行くと思うから、その時だな」

「ユマラにも会いに行かぬとじゃの」

「その時は頼む」

「任せておくがよいぞ」

無い胸をトンと叩《たた》くセコイアの顔は得意気だ。

腹も膨れたところでウトウト……なんてことはできず少し離れたところで書類作成中のシャルロッテに目を向ける。

……あれは触れない方がいい。俺に更なる仕事が降って来る。

彼女に相談するのは後にしよう。

リリーとマルティナをどうしていくのか……と考えていたら次から次へとやらなきゃ《や》いけないことが浮かんできて、俺は考えるのを止めた。

帰って早々、大工の棟梁《とうりょう》ポールを呼び出す。

彼には市政計画の建築関連責任者もやってもらっている関係上非常に忙しい身である。

なので「空いていれば」と条件を付けたのだけど息を切らして屋敷までやって来てくれた。

リリーのことはアルルに任せ、俺の護衛にはエリーを付けている。

シャルロッテに同席してもらいたかったんだけど、リリーを受け入れることに対する事務処理が急務だったのでそちらを優先してもらった。

ここには俺とエリー以外にはアドバイザーのペンギンをなんとか確保できただけである。

「ヨシュア様！　お待たせいたしました！」

流れる汗を拭《ぬぐ》おうともせず深々と頭を下げるポールに水の入ったペットボトルを差しだす。

ついでにエリーがそっと彼の前にハンカチを置く。

「ヨシュア様からこのような……恐縮です。エリーさん、ハンカチは洗濯してお返しします」

「返さなくてもいいよ。良ければ使ってくれ。そのハンカチはオラクルの工房で作られたものなんだよ」

「お、おお。オラクルの機織りは順調です。これもヨシュア様あってのこと」

「あ、うん。ポール。早速だけど聞いて欲しいことがある。まだ『何故《なぜ》』かというところは内密にしておいて欲しい」

ゴクリと喉を鳴らすポールの顔がすっと引き締まった。これが彼本来の職人の顔。

できる男はＯＮ／ＯＦＦの切り替えが早い。

「まず表向きは賓客用として五つほど屋敷を計画して欲しい。うち二つは俺の屋敷のほど近くで頼む」

「外観はどうなされますか？」

「特に拘《こだわ》らなくてもいいけど、一つが帝国風がいいな。もう一つは宗教色のないものであればデザインは任せる」

「承知いたしました。残り三つはいかほどに？」

「残り三つは……そうだな。遊び心があってもいいかもしれない。たとえばホウライ風とかレーベンストックのバーデンバルデンのような外観とか」

「面白そうですね！　ですがバーデンバルデンはともかくホウライ風は存じ上げておりませんので、難しいです」

「よっし。じゃあ残り一つは保留にしておいて、ジョウヨウまで視察に行くとかどうだ？　たまには羽を伸ばすのもいい」

「そ、そのような……飛行船を、ということですよね」

「気を遣いそうなら、俺がホウライに行く時に一緒に行こう」

「あ、ありがとうございます！」

ジョウヨウまでの定期便はない。なので、専用機でジョウヨウまで向かう必要がある。

飛行船を運航させるには乗務員も必要だし、ポールだけにとなるとさすがに腰が引けちゃうよな。

彼の部下も一緒にと思ったんだけど……。

屋敷を五つと言ったのはカモフラージュの意味合いもあるけど、迎賓館が無かったのでこの機会にという思いもある。

「まだあるんだ。次は大物になるのだけど……。ペンギンさん。何かアイデアがあったりする？」

「いきなりだね。学び舎《や》となると私が想像できるものは学校。あとは図書館くらいだろうか」

「そうだよな。俺もそうだよ。聖教会以外で、となるとやっぱり学校だよね。屋敷の中でもいいかもだけど……なんかしっくりこない」

「ははは。家庭内で学習を、というのは一昔前ではよくあることだったのだよ」

そう言えば、ヨーロッパの貴族の教育とかでお屋敷の中で家庭教師が教える、ってシーンを思い出した。

優秀な家庭教師を付けることがその貴族のステータスの一つだったのかもしれない。

新聖女二人の教育については、家庭教師を付けるつもりでいるが、それだけじゃなく教室での授業を受けさせたいと考えている。

どこまで実現できるのかは、関係各所と相談が必要なのでどうなるやら、だけど。

そんなわけでお次は学び舎についてを議題にした。

「正直、学園都市として準備中の公国北東部ダグラスで行いたかったのだけど、今回はオラクルで行わなきゃいけない理由があるんだ」

「なるほど。校舎を建てるのでしょうか？」

ここで理由を聞いてこないポールはさすがである。

新聖女のことはある程度決まるまでは情報公開できないんだよな。聞かれても「時期が来たら話す」としか言えない。

新聖女の学ぶ場所はここオラクルであると決まっているので、適した場所があっても移動させることができないんだ。

「校舎。小中学校みたいなものかね?」

「オラクルは領民が流れ込むという特殊な成り立ちでさ。それで、何も無いところに人だけがいる状態だったんだ」

ペンギンの質問に対して俺はオラクルの成り立ちから説明をする。

思い出せばもうすぐ三年前になるのか。あの頃《ころ》の俺は若かった……。

アリシアから追放の神託を聞いて、「やったぜ、休める」なバカンス感覚で意気揚々と辺境にやって来た。

そうしたら、領民が押し寄せてきて……何もない不毛の土地を開発することになったんだ。

衣食住の確保が最優先で、学校や娯楽といったものは後回しになっていた。

街には店舗用と隣接するように倉庫用のインスラがあるのだけど、そこに物を置かずにテーブルと机を置いて有志によって子供たちに文字を教えていたりしたんだよね。

分かってはいたが、そうすぐに対処できるものではなく、文官募集に合わせてボランティアで教えてくれていた人にお願いし正式に教師になってもらったりして形を整えてきたんだ。

今は街の中に初等教育用として小学校が四か所と中等教育用として中学校が二か所ある。

ローゼンハイムでは中学校の上が専門学校になり、その先更に極めたい人は大学へ行く。

同じように専門学校を作ろうかと思ったのだけど、そうそう教師が捕まるわけもなく一か所だけ高校を作ったんだ。

高校では各コースを選ぶようにして、半分は弟子入りのような形で現場の手伝いをして残りは座学になる。

期間はローゼンハイムと同じで二年。

日本の高校とはかなり様相が異なる。オラクルの高校は職業訓練校に近い。学費は無料の代わりにそれぞれ専門教育を受けたい場所……鍛冶《かじ》場なら鍛冶場で手伝いをすることによって賄っている。現場としても何も知らぬ新人を扱うことは負担にはなるけど、受け入れてくれた現場には国から補助金を与えるようにしていた。

このような内容なので中学を出たばかりの学生とそれ以外の人の割合が半々くらいかな。中には年配の人もいたりする。

「ほう。面白い制度だね。高校は徒弟制度のようなものなんだね」

「うん。座学もやるけど高校数学レベルはほんの一部しか学ばないんだ。こう『学問』ぽいものは大学かな」

「となると、人によっては高校に行かずに大学もあるのかね？」

「うん。大学は理論を研究するものが殆《ほとん》どかな。数学、魔法と後は神学、美術辺りがあるかな」

「ふむ。ヨシュアくんは大学が作りたいのかね？」

「さすがペンギンさん！　オラクルには大学がまだない。丁度いい機会だから大学をと思ってさ。以前から検討していたしさ」

「学び舎ができるのは良い事だね。私は賛成だよ」

ここで静かに俺とペンギンの会話を聞いていたポールに目を向ける。

「大学を作るのですね！　カガクトシオラクルに学術機関がないのは残念に思っていたところです！」

「図書館も作りたい。図書館には個室を十ほど併設できるように用意してもらえるか？」

「設計図が完成しましたらお持ちします！」

「今のうちに職員募集もしようか。書物もできるだけ仕入れたい。あ。ポールに頼むわけじゃないから安心して欲しい。つい、口をついて出てしまったんだ」

「承知しております！　私はみなさんが快適に過ごして頂けるお屋敷と大学の建築に全力で当たらせて頂きます！」

ポールが深々と礼をし、部屋を辞す。

残された俺とペンギンは顔を見合わせ、自然と笑みが浮かぶ。

「大学が新しい施設ということが丁度いい、のだね」

「ペンギンさんは全《すべ》てお見通しだね。マルティナとリリーを同じ席で教育を受けさせたり、あわよくば学友もいたらいいなあ、なんて考えていたんだよ」

「これまでは聖女は一人。聖教徒だった。だが、今回は異なる種族、異なる宗教、そして二人だ。新聖女は聖女となっても協力して事に当たらねばならない。ならば、教育の場を分けたくない。これまでの慣習では宗教施設での教育だった。そこを新設する大学でカバーしようと。なかなか考えたね」

「全部その通りで怖い。『新設』だから、これまでになかったルールをねじ込んでも違和感もないし、古参が異を唱えるということもない。賛同してくれる職員を集めればよいんだから」

「以前帝国より持ち帰った書物も寄贈したらどうかね?」

「そのつもりだよ。あ、あと。ペンギンさんにもお願いしたいことがあって……」

図書館にはペンギン用の席も作ろうかな。きっと喜んでくれる。いつの間にか帝国語も読めるようになっているし。

彼が望めば研究室も作りたい。こちらだけが先走って用意しても「鍛冶場がベストだったんだよ」と考えているかもしれないからね。

もちろん、常に研究室にいてもらうなんてことは考えていない。

彼にはこれからも俺のアドバイザーになっていて欲しいから。俺が引退した後には彼と一緒にあれこれ頭を捻《ひね》って研究をするのも楽しいかも。

マルティナとリリーの教育場所をどうしようか、考えていたらいっそ学び舎を作っちまえばいいんじゃね。となり、大学案へ繋《つな》がった。

大学は俺にとっても楽しいところになりそうだ。

聡明《そうめい》なペンギンは顎《あご》にフリッパーを当て「ふむふむ」と嘴《くちばし》を動かす。

「お願いしたいこと、というのは教壇に立って欲しい、などかね？」

「いいの？　カガクについて教鞭《きょうべん》をとってくれると嬉《うれ》しい」

「カガク……そうだね。数学、物理、科学などの理系科目を高校レベルまでまとめた方が良いかもしれないね」

「まずはそこからかあ」

「基礎が最も重要だ。基礎なくして応用は生まれないよ。しかし、私たちは魔法の法則に対しまだまだ無知だ」

「純粋な物理法則だけで観測できないのも、カガクを学ぶことを困難にしているよね」

「そこが面白いんじゃないか」

あ、興奮モードに入ってしまった。

こうなるとペンギンはしばらく止まらない。一通り右から左に聞き流して、相槌《あいづち》を打つことにしようか。

「むむ。カガクの香りがするぞ」

ペンギンの熱弁を聞いていたら、ややこしいのが窓から「よっこいせっ」と入って来た。

窓の閂《かんぬき》は閉じているんだけど、あの狐《きつね》にとっては鍵《かぎ》なんてあってないようなもの。

「セコイアくん。カガクと魔法についてヨシュアくんと議論を交わしていたのだよ」

「なんじゃと！　ボクがいないところでそのような……」

「こ、これから参加したらいいじゃないか。あと三十分くらい大丈夫だって」

お怒りのセコイアの狐耳を撫《な》でると、途端に機嫌が良くなる。相変わらずちょろい。

さて、これが終わったらリリーの身の回りを整えなきゃだな。


ペンギンとセコイアが科学と魔法談義を始めて盛り上がっていたので、放置して俺はっと。

最初の位置から微塵《みじん》たりとも動いていない黒髪が美しいメイドに声をかける。

「エリー。少し息抜きに出かけようか」

「畏《かしこ》まりました」

「ずっと立ってるだけで退屈だっただろ」

「そ、そのようなことはありません」

何故か頬《ほお》を赤らめるエリーに首を傾ける。

う、うーん。まさか彼女が科学談義に興奮していたわけではあるまい。

「エリーも科学が好きなの？」

「す、好き」

「ペンギンと喋《しゃべ》っていく？」

「あ、いえ。ええと」

「科学より魔法かな？」

「い、いえ。どちらも私には難しく。お供させて頂きます！」

わ、分からん。

エリーって何でも顔に出るから今の気持ちは分かるのだけど、どうしてそのような考えに至ったのかまるで理解できない時がある。

好きというキーワードに反応したことは確かだが……この部屋の中に彼女が好きな何かがあるのかもしれない。

まさか、地球儀もどきじゃないよな。

「そうだ。地球儀のこと覚えてる？」

「世界の地図、でしたか？」

「そうそう。結局、この大陸でさえ描くことができなくて空白のままなんだけど」

「大地が丸い、というのはヨシュア様に教えて頂きました。なるほど。言われてみればと感動したのを覚えています」

アルルとエリーと並んで地平線を見たんだよな。

忙しい公務の間を抜け出してさ。どこだったか。城壁の物見の上だったような記憶だ。不味《まず》い、印象的な出来事だったのに記憶が曖昧《あいまい》になっている。

正直なところ、ローゼンハイムで公務に励んでいた時の思い出が殆どない。濃密過ぎる時間を過ごしていたのだけど、思い出しても激しい公務にぜえはあしていたことばかり。

やはり人間、働き過ぎはダメなんだ。人としての何かが欠けてしまう。

ああ。我がベッドを永遠に。

意味不明なことを考えつつも、キッチリと会話をこなす俺である。

「この地図を埋める旅ってのもいいよなー。そのためにも仕事を落ち着かせないと」

「素敵ですね」

「その時はエリーとアルルも一緒に来てくれると嬉しい」

「いいのですか！　喜んでお供させて頂きます！」

「ボクがいないと飛行船が動かぬぞ」

盛り上がっていたら、科学と魔法談義で盛り上がっていたはずの狐が耳だけをピクリと動かして口を挟んできた。

「ボクも連れて行けってことだろ。分かってるって。地図を描くにはバルトロの力も必要だし、ペンギンさんも」

「そいつはありがたい。世界を見てみたい、という気持ちは人類共通の意識だよ」

「そんなものなのかな。少なくとも俺は見てみたい」

「私もだよ」

ペンギンも乗り気の様子。飛行船を使えば一気に地図を埋めることも造作もないことだ。

海の向こう……は慎重に進んだ方がいいけど。

風向きなんて全く気にしなくて良いので、単純に継続距離内で着陸できる場所があるかどうかにかかっている。

島が全く無くて、思ったより海が広かったら燃料切れの可能性があるからね。

話が終わるとセコイアとペンギンはまたすぐに科学と魔法談義に戻ってしまった。

ああして盛り上がっているけど、しっかり俺とエリーの会話を聞いているとは恐れ入る。

エリーと顔を見合わせ、苦笑する。おっと、苦笑したのは俺だけだ。彼女は困ったように眉《まゆ》を僅《わず》かにひそめただけ。

俺の手前、彼女が俺に合わせてくれたに過ぎない。

いつも優しいエリーに感謝。俺もそうありたい……難しいな。

◇◇◇

さあて。しばしの間、街へ繰り出すかと中庭に出た所で思ってもみない光景にエンカウントする。

供の者を連れていない金髪ツインテールの皇女リリーとエルフの幼い少女マルティナが、間にアルルを挟んでしゃがみ込んでいるじゃないか。

折を見て紹介しようと思っていたのに、まさか先に出会うとは。

同じ屋敷の中にいるからある意味当然と言えば当然かもしれない。特に彼女らに制限をかけていたわけじゃないからね。

屋敷の中は個人の個室以外は自由に動いてくれていいと言ったのは俺だし。

「こうするの？」

「は、い」

二人は雑草を抜いて何かをやっているようだ。アルルはニコニコして二人の様子を見守っている。

彼女らが自然と距離が近くなろうとしていたら、アルルはすっと身を引き位置を変えていた。さりげない彼女の動きにさすがだと膝《ひざ》を打つ。

白い丸い花に細い茎の雑草は俺でも名前を知っている。シロツメクサだ。

彼女らはシロツメクサの茎を編んでいたのか。

「あ。ヨシュア様ー」

リリーが立ち上がり、こちらに向け手を振る。

同じようにマルティナもゆっくりと腰を上げ右手を胸のあたりに持ってきて小さく左右に動かした。

「リリー。マルティナ。アルル」

三人の名を呼び微笑《ほほえ》みかける。

後ろで控えていたエリーはいつの間にかアルルの隣に並んでいた。

「ヨシュア様のお屋敷、面白いね！　メイドさんは猫耳だし、マルティナはエルフだし。とても新鮮」

「まさか紹介する前に二人が会っていたなんて驚きだよ」

「たまたまよ。マルティナがお庭で草を触っていたから何しているのかなって」

「そうだったのか。お供の人たちは荷物の整理をしてくれているのかな？」

「そんなところ。ヨシュア様のお屋敷だったら安全だから！　って一人で探検していたの」

「ねっ」とマルティナの手を握りほっぺにえくぼを作るリリー。

気さく過ぎる彼女の態度にマルティナはたじたじの様子。

「お、うじょ、さ、ま。わたし。あ、の」

「もう自己紹介したのかな。マルティナは王女じゃなくて皇女だよ」

「どっちでもいいじゃない。私のことはリリーでいいの。ただのリリーでね」

「で。でも……」

さすがに皇女を呼び捨てにしろ、と言われて「はいそうですか」とはならんよな。

困ったマルティナが目で俺に訴えかけてきているじゃないか。

「マルティナが呼びやすいように呼べばいいんだよ。王女でも皇女でもリリーでもね」

「は、い」

精一杯、柔らかな声でふんわりとした笑顔を浮かべる。

もう一人の新聖女がリリーで良かった。彼女は種族が異なることなど気にしない。むしろ、興味津々で親しくなりたいオーラが凄《すご》い。

帝国語と共和国語は関西弁と標準語より近いし、ほぼ同じ言語と言って差しつかえがないから、言葉の問題もないからね。

リリーにとって俺の屋敷は新鮮だろうな。

帝国のお城の中だと、恐らくほぼ人間のみでかつ聖教徒だ。

一方でこちらは敬虔《けいけん》な聖教徒で人間であるルンベルクやエリー以外にも猫族のアルルやペンギン

にセコイアなどなど人間以外の種族の方が多い。

もちろん信じる神も別々だ。

環境の激変がとても心配だったけど、何とかうまくやってくれそうだ。

でも安心しきるのはよろしくない。マルティナもリリーも新聖女となれば、これまでの生活とまるで異なる生活を送ることになる。

彼女らのケアに最大限の注意を払っていかねば。

ドオン。

何この音！

突如響いた地響きのような音に目を見開く。

「エリー。ヨシュア様に見とれ過ぎ」

「そ、そんなことありません！　あの笑顔は滅多に見ることができな、も、申し訳ありません！」

なるほど。エリーが力を入れ過ぎて地面が揺れたのか。

とんでもねえな……相変わらず。

「あ、えっと。さっきポールにさ。二人の屋敷を準備するように依頼したんだよ。他にも考えていることがあってさ」

リリーとマルティナがエリーを凝視していたので、何とかこっちに気を惹《ひ》こうと話しかけてみたものの、何とも中途半端になってしまった。

「え。私、ヨシュア様のお屋敷が良かったな」

「わ、わた、しはお、や、しきなんて。と、とんでも、ない、です」

二人とも理由は異なるようだが、望むことは同じだった模様。

うまくエリーから目を離してくれたので結果的に良し、だ。

「俺としても二人にはこの屋敷にいて欲しいところなのだけど、さすがの俺でも外聞がな」

腕を組み眉をひそめ、首を振る。いかにも困ったという仕草なのだが、マルティナが真似《まね》をしていて可愛《かわい》い。

こういうところはまだまだ子供だよな。

「外聞？　確かに、そっか。私はともかく、マルティナも……？　まさか。もう一人って」

「う、ん」

あれ。とっくに紹介し合ってると思っていたが、まだ名前を伝えあっただけだったのか。

伝えていないにしても、俺の屋敷に幼いエルフの少女がいることで察してくれていたと思ったのだが……そうではなかったらしい。

マルティナとしても皇女って聞いたわけだから、俺の屋敷に招かれていても不自然には思わなかったのだろう。

皇女なら賓客でもおかしくないからな。

しかしだな。家財道具まで運び込んでいるのだから、何かが違うと察していても……。

いや、これは俺の不手際だ。

「ごめん。ちゃんと紹介するつもりだったんだ。二人が仲良さそうにしていたから勘違いしてしまった」

「ううん。私。もう一人がマルティナで嬉《うれ》しい！」

「わ、たし、も」

リリーがマルティナの手を取り、「ね」と首を傾ける。

対するマルティナは何かを言いたそうに口を開き、閉じた。

何かを伝えたいのだろう。リリーに……いや、言わずとも彼女はじっとマルティナを見つめ続きを促す。

大丈夫だよ。ゆっくりでいいんだよ。とでも言わんばかりに歳不相応の慈愛の籠《こも》った笑みを浮かべながら。

「わ、わた、し。ちゃ、ん、と。喋《しゃべ》るこ、と。で、きない、から。はじめて、あって、わたし、と、おはな、し。してくれ、た。の、は」

一息に喋るのは疲れるのだろう。マルティナはここで一呼吸置き、続ける。

「こう、じょ、さま。くもの、うえ、のひと。だけど、わた、し、にも。だか、ら。リリー、が。聖女さ、ま。うれ、しい」

「マルティナあー！」

ただたどしくも言葉を紡ぐマルティナに感極まったのかリリーが彼女に抱き着く。

二人を聖女に選んだ「神」とやらもなかなかやるじゃないか。

彼女らなら人々に神託をもたらす聖女として慕われるに違いない。

今更ながら、「二人」選んだのも神の粋な計らいだったのではないか、と思う。

アリシアは聖女という重圧で病みかけていた。でも、二人なら支え合って責務を果たしていける。

「ヨシュア様。困ったことがあったら何でも言ってって。本当に何でもいいの？」

マルティナから体を離したリリーがじっと俺を見上げてくる。

コクリと頷《うなず》きを返すと、少しの間があってから彼女が意を決したように口を開く。

「大魔術師様から魔法を習いたいの」

「大魔術師？　帝国の宮廷魔術師を呼べばいいのかな？」

「う、ううん。ヨシュア様は大魔術師様と親しいと聞いたのだけど、違った？」

「大魔術師……。大魔術師ねえ……」

はて。そんな人物が俺と親しい間柄に？

ローゼンハイムには一応宮廷魔術師がいるにはいるけど、帝国ほどじゃないと思うんだよな。

大賢者なら知っているけど。

ちょんちょん。

む。誰《だれ》かが背中を指先で突っついている。振り返る前に猫耳が顎《あご》に触れ誰だか分かる。

「セコイアさん」

そっと耳打ちしてくれる猫耳のアルル。

「あ」

そうだった。そうだったよ。あの涎《よだれ》のことだ。

俺も自分で彼女のことを大魔術師って呼んだことだってあるじゃないか。

「リリー。大魔術師。知ってる。俺。知ってる」

「ヨシュア様。何だか口調が変……」

「そ、そうかな。セコイアから魔法を学びたいの？　専門の教師の方がいいんじゃ」

「私ね。マルティナともっと仲良くなりたいなって。それでね。頭の中に話しかける魔法を学びたいの」

「ほほお。俺が習得したい魔法のトップ3じゃないか。遠話って魔法だ。セコイア以外にも使えるとか聞いたけど」

「うん。だけど、せっかくなら世界で最も偉大な魔法使いから学べないかなって。何でも良いって言ってくれたから……」

「頼んでみるよ。もし学べることになったら、ハンカチは常に持っておいた方がいい」

「ハンカチ……？　修行が激しいのかな……」

「いや。ハンカチは引き受けてくれることになってから、考えればいい」

俺の前だけなのかもしれないけど。涎まみれになるの。

ああ見えてセコイアって他では年長者らしく振舞っている……と聞いている。本当かよ、って思うけど。

「よ、しゅあ、さ、ま。わたし、も。学び、たいです」

「もちろんだよ。すぐそこにいるからさっそく頼んでくるよ」

「その必要はないのじゃ」

ババーンと登場したのは噂《うわさ》の大魔術師だった。

ペンギンを抱えての堂々とした姿……には見えないな。人形を抱えた幼女のようでほのぼのする。

ただし見た目だけ。

この二人こそ、我が国が抱える知の最高峰なのである。

「ペンギンさんとカガクと魔法談義をしてたんじゃ」

「不穏なセリフが聞こえてきたから来てみたのじゃ。宗次郎《そうじろう》も一緒にの」

「ペンギンさんの悪口は言ってない。言ったこともないし、ペンギンさんに対する悪口なんて思いつかない」

「暗にボクに対して何か言っておることを認めておるぞ」

「失礼な。大魔術師様だ、って褒めてたんだよ」

「ほう。ハンカチとはどういうことじゃ？」

「それは必要だからだろ」

「そんなわけあるかあああ！」

セコイアが来たら一気に騒がしくなったな。

「よおし、よしよし」と彼女の頭を撫《な》でると大人しくなった。

全く。どっちが子供なんだか分からなくなってくるな。リリーとマルティナと見た目だけ同年代のセコイアは俺の数倍は生きているだろうに。

「早速だが、一つ頼みがある」

「遠話を二人に教授すればよいのじゃな。先に言っておくぞ。魔力密度3には無理じゃ」

「5だと言ってるだろ！　それはともかくとして、パッと見るだけでマルティナとリリーが習得可能って分かるの？」

「水準以上の魔力密度がある。問題なかろう。エリーより高いくらいじゃぞ」

「そいつはすごい」

お。おおお。

エリーの魔力密度は綿毛病に罹患《りかん》しないくらい高いんだ。

彼女よりも魔力密度が高いとなると相当だぞ。

達人ぞろいのハウスキーパーの中で最も魔力密度が高いのはエリーだった。二人はそれ以上なんだものな。

素直に感心していたら、狐《きつね》が爆弾を投下してくる。

「ボクの恋のライバルであるアリシアよりは低いがの」

「アリシアってそんなに魔力密度が高いのか」

「そうじゃのお。ヨシュアと出会ってから今までで一番魔力密度の高い『人間』はアリシアじゃな」

「マジかよ」

「一番低い『生物』はヨシュアじゃな」

「余計なことは言わんでいい。ほら、俺もさ。大公って立場がだな。ここにはリリーとマルティナもいるだろ」

「いつものことじゃろ。問題あるまい」

正論を言われて黙ってしまった。

口惜しや。このままじゃ済ませんぞ。

「ぐ……あと、アリシアの時は『人間』と言いつつ、俺の時は『生物』ってどういう了見だよ。俺ってそこら辺のよくわからない虫より低いのかよ」

「魔力を持つ『生物』に修正しておくかの」

「それ虫より（魔力が）低いことを否定していないぞ」

「変に頭が回るのも困りものじゃの」

ペンギンを抱えたまま舌を出して「いー」と口を思いっきり横に開くセコイア。

こ、こいつめええ。

ペンギンがいるから後ろから回り込み……っつ。体の向きを変えられてしまった。

嫌に察しがいいじゃないか。

大人しくこめかみをぐりぐりされると良いぞ。

何てやつだ。リリーとマルティナの後ろに隠れやがった。

二人と身長が同じくらいなんだな。もう少しセコイアの方が高いかなと思っていたけど、実際こんなものなのか。

態度がでかいと大きく見えるのかもしれん。

しかし、セコイアよ。二人では俺の壁にはならんぞ。

にじり寄りリリーとマルティナの間を通ろうとしたら、リリーの方に呼び止められる。

「ヨシュア様。アリシアさんって誰？」

「リリーも知ってる子だよ」

話は終わったとばかりに進もうとしたら、俺の代わりに抱っこされたままのペンギンがパカンと嘴《くちばし》を開いた。

「アリシアくんは君たちと同じ『聖女』という役職だそうだよ。世間では役職名で呼ばれている」

間違っちゃいないけど、役職って。ペンギンならではの捉《とら》え方だな。

しかし、役職という表現は俺に利く。嫌な前世の記憶が蘇《よみがえ》ってしまうからだ。

か、課長……もう無理っす。

い、いかん。悪夢が脳裏をよぎる。

「え。えええ！　そうなの！　大賢者様」

「そう聞いているが、違ったかね？　ヨシュアくん」

「あ、うん。そうだよ」

上の空で言葉を返す。

一方で左右にいる二人の新聖女は顔を見合わせ大きく目を見開いた。

「せ、せい、じょ、さま」

「ヨシュア様の婚約者候補は聖女様なの⁉　引退後は大公妃……悔しいけど姉様よりずっとお似合

いかも」

「わ、わた、し。せいじょ、さま、ほど、きれい、な、人。見たこと、ない」

「ねー！　ヨシュア様のお屋敷は美人揃《ぞろ》いなのに。聖女様なんだー」

勝手なことを言っておるぞ。

どうしたもんかな、この状況。ま、まあ。幼くとも女子だ。恋バナで盛り上がるのも親しい証《あかし》か。

さて、そろそろ出ねば街を探索できなくなってしまうぞ。

チラリとうちの綺麗《きれい》どころに目をやる。

エリーが大地を踏みしめて笑顔が引きつっていた……。

さっき揺れた時に地面に大穴でも空いたのかもしれん。彼女の表情からさりげなく地面を元に戻そうとしているような気がする。

「何を言っておる。リリーとマルティナじゃったな。ヨシュアのつがいとなるのは、このボクじゃ」

どーん、という擬音が付きそうな勢いで胸を張るセコイア。

もう勝手にやってくれ。この分だとセコイアと二人の相性は悪くなさそうだ。

昼食はエルフカレーにするかなあ。

エリーを供に街に繰り出す俺なのであった。

エピローグ　収穫祭の季節再び

リリーとマルティナの出会いからしばらく経《た》った。

街では建設ラッシュが続いている。収穫祭には全《すべ》て間に合わせようとポールがやっきになっていたが、もう少し遅くなってもいいと直接諭し彼がダウンすることを未然に防止したほどだ。

来賓用の屋敷はもう完成していて、リリーとマルティナはそれぞれの屋敷に……は行かず同じ屋敷で暮らすことになった。

帝国から教育係が来ただけじゃなく、大森林からも巫女《みこ》を招くことができたんだ。彼らのうち一部はリリーらが住む屋敷で暮らしてもらっている。

二人が住む屋敷は宗教上の理由から男子禁制とした。もちろん俺も入室不可だ。

大学と図書館はまだ完成していないので、彼女らはしばらくの間、屋敷でお勉強の予定である。

ようやく彼女らの環境が整ってきたので、そろそろ新聖女誕生の公式発表を行おうと思っているんだ。

アリシアも間もなくオラクルにやって来ることだしね。

発表の際には彼女と新聖女の二人が中心になる。公式発表後はアリシアが聖女としての教育を二人に施す予定だ。

といっても、マルティナのことがある。その点は俺とアリシアに加え、世界樹信仰と聖教の有識者と相談しつつ臨機応変にということになった。

それ行き当たりばったりじゃないか、ということなのだけど、初めてのことだから仕方ない。

二人で神託を伝えることも初だし、聖教徒以外も初なのだ。二人はまだ神託を受け取ったことがないから、それぞれの神託を合わせて一つになるのか、同じ神託がもたらされるのか、どちらか一方にだけもたらされて順繰りになるのか、とか全て不明。

出たとこ勝負にならざるを得ないのだ……。

「ヨシュア様。準備は整いましたでありますか？　し、失礼いたしましたであります！」

「あ……」

着替えようと服を脱いだところで竜の鱗《うろこ》のビキニアーマー姿のシャルロッテが扉を開けてしまった。考え事をしていて反応しなかった俺が悪い。

汚いものを見せてしまったぜ。すまん。シャルロッテ。

パンツははいていたから許して。

目線を落とすと全裸のペンギンがやれやれと両フリッパーを中央で折り曲げる。

そう。俺は現在自室で着替えるところだった。

「ヨシュアくん。今年も同じなのかね？」

「別のにしようかなと思って。黒スーツにマント、そして鼻から上を覆うマスク」

「それじゃあ私は黄色マントに赤のベストが良いな」

「そう言うかもと思って、黒と黄色のマントと赤と黒のベストを準備しているよ」

「そいつは準備がいい」

そう。今日は収穫祭なのである。

収穫祭と言えば仮装だ。もうすっかり定番になっていて、年々領民の仮装レベルが上がっている。祭りの規模も一年目とは比較にならない。人口が急増したし、噂《うわさ》を聞きつけた公国側の領民が魔石機車に乗って観光に来ていたり、外国からも是非参加したいと言う賓客も招いている。

いつのまにやら一大イベントとして認識されるようになったのだ。

そこで主催者たる俺が毎年同じカウボーイ衣装じゃ締まらない。

今年は某ヒーロー風にしてみたってわけさ。相変わらずペンギンとセットなことは変わらないのだけど……。

コンコン。

窓の外を誰《だれ》かがノックした。窓を見たら予想通りアルルが逆さまにぶら下がっていた。

パンツ一丁であったけど、そのままにしておけないし、窓を開ける。

アルルはどっかの狐と違って勝手に窓を開けて入ってこないからね。

「ヨシュア様。お着がえ中？」

「うん。カウガールにする？」

「ううん。ヨシュア様と一緒！　そこに」

「あ！　そうだった。すっかり忘れてた。ごめん」

んー。お揃《そろ》いと言っていいのかな。頼んでいたものができたから確認してね、と街の縫製屋が俺とペンギンの衣装と一緒に届けてくれていたのだ。

アルルから同じ系統がいいと頼まれていたので、同じく準備してそのまま放置していた。

確か、この辺に。

あった。あった。

赤と黒のピエロ風の体にぴったり張り付くレオタード風と言えばいいのかな。

右と左で赤と黒になってて、靴下と頭、腕部分の色が赤黒反転している。結構派手だなこれ。

アクセサリーとして木槌《きづち》を持てば完璧《かんぺき》だ。

「これで良かったら」

「可愛《かわい》い！」

アルルが気に入ってくれてよかった。

ってええええ。おいおい。ここで脱いだらダメだってば。

とパンツ一丁の俺が言うのもなんだが。

「まあ、いいんじゃないかね。アルルくんは気にしていない。ヨシュアくんと私が後ろを向けばいいだけさ」

片目をパチリと閉じるペンギン。

これが大人の対応ってやつか。勉強になる。

そんなわけで今年も収穫祭の季節がやって来た。

収穫祭の後は重大発表もある。さあ、行くとするか！

特別編　大森林料理をオラクル風に

「お。ここですな。ここですな」

「みたいじゃの」

「大森林料理をオラクル風に」と看板を掲げたエルフの夫婦が経営するレストランは大公が来店するまでは落ち着いた店だった。

しかし、彼が訪れてからというもの連日大賑《おおにぎ》わいになっている。

その理由は……今来店した二人のような客が客を呼ぶ形になっているからだ。もちろん、流行《はや》りの店になったのはヨシュアが訪れたからだけではない。

彼が訪れたことはきっかけに過ぎず、店の料理が好評だから噂が噂を呼び、リピート客も確保できているといった感じである。

ウェイトレスを務める妻のリンネはまたしても大物の登場に笑顔で対応しつつも、内心穏やかではなかった。

あのドワーフとノームは夫婦がローゼンハイムに住んでいた頃《ころ》に遠目で見たことのある顔だ。

確かローゼンハイムの職人たちから神のごとく尊敬される鍛冶《かじ》師と細工師だとか。

「ヨシュア坊ちゃんが言っていたのはこの店ですな」

「酒も提供していると聞いたぞ。まずは酒じゃな」

「せっかくの料理が、ですぞ」

「ううむ。酒と共にならば構わぬだろう。料理と酒がセットになっておるのじゃからな」

「そうですな。飲み屋と言うわけではありませんから。辛いものには酒が合う。真理ですな。ふぉふぉふぉ」

「ガハハハハ」

二人は「本日のランチ」だけでなく、酒を希望している。

大森林にはオラクルにはない様々な酒があるが、口に合いそうなものとなると少ない。

何より妻のリンネは酒が飲めず、夫のフレイルが多少嗜《たしな》む程度。

「お酒は大森林で親しまれているヨーグルト酒とビールのご用意がございます」

「ほお。ヨーグルト酒とな。そいつはうまそうじゃ。二本持ってきてもらえるかの?」

「二杯ではなく、二本でございますか?」

「在庫が問題かの？　儂《わし》らだけで飲み尽くすのは本意ではない」

「いえ。在庫はございます。瓶ごと二本。お持ちいたします」

「先に酒を持ってきてもらえるかの?」

「畏《かしこ》まりました」

ドワーフもノームも酒が大好きな種族と聞く。この職人らも多分に洩れず酒好きなのだろう。

特にドワーフの方はもう待ちきれないといった様子だった。

さっそくヨーグルト酒とグラスのコップを運ぶとすぐに二人は酒をグラスに注《つ》ぎ始めた。

「ほおお。見た目はまさにヨーグルトですな」

「確かに。じゃが、酒の匂《にお》いがするのお。たまらんな」

「では」

「乾杯ー」

カツンとグラスを打ち合わせ、さっそく飲み始めるドワーフとノーム。

「ほお。甘い。これはこれで悪くないのお」

「辛いと甘い。絶妙な予感がしますな」

「お待たせしました。本日のランチでございます。ヨーグルト酒は主人も大好きなんですよ」

「おおー」と歓声をあげる二人。

大森林風スープは二種類あって、一方が豆がベース。もう一方はボーボー鳥とチーズになっている。

スープの香りを嗅《か》いだノームは長く白い眉《まゆ》を上下に揺らす。

「ほおほおほおお。これは……辛そうな香りがしておりますな」

ノームはスープをスプーンですくい、口に運ぶ。

すぐさまヨーグルト酒を飲む。

「おおおお。良いですな。良いですな」

「平たいパンをスープに浸して食べる。そしてヨーグルト酒じゃな」

「さすが、ヨシュア坊ちゃんオススメの店ですな」

「じゃの。食べたことのない料理じゃったが、これはなかなか」

二人が満足している様子にホッと胸を撫《な》でおろすウェイトレスのリンネであった。

しかし、ドワーフとノームは始まりに過ぎなかったのだ。


続いて訪れたのは貴族服に身を包んだ壮年の男二人。

一方は恰幅《かっぷく》が良く髪の毛が寂しくなっている男で、もう一方は痩《や》せぎすで綺麗《きれい》に髭《ひげ》を切り揃えた男だった。

今度は貴族様……リンネはゴクリと固唾《かたず》を飲み込む。

「いらっしゃいませ！」

「二人です。どちらの席でもよろしいのでしょうか」

「はい。空いているお席でしたらどちらでも大丈夫です！」

「ありがとうございます。では……ガラム殿とトーレ殿ではありませんか！」

どうやら職人の二人と貴族の二人は知り合いらしい。

職人二人の隣のテーブルに座った彼らは本日のランチとラッシーを注文する。

そろそろ彼らの分の料理ができ上がろうかという頃、更なる来客が。

今度もまた貴族服姿であったが、先ほどの紳士的な二人と異なりぎょろっとした目にくるんと巻いた髭《ひげ》のある種異様な空気を纏《まと》った壮年の男だった。

彼が客でなければ、決して近寄るまいとリンネは思う。

血走った眼《め》が怖い。

男は来店するも左右を見渡し、スンスンと匂いを嗅いでいるではないか。

「あ、あの。お客様」

「お。おお。おおおお。これがスパイスの香りか。悪くない。悪くない。薬になるかもしれない、とヨシュア様がおっしゃっていた」

「あ、あの。お客様……」

「そうだったそうだった。吾輩《わがはい》はここに食事に来たのだった。すまない。どこの席でもいいのかね？」

「は、はい。お好きなお席へどうぞ……」

「お。グラヌール卿《きょう》にバルデス卿ではないか。相席してもよいのかね？」

「お客様が了承してくださるのでしたら……」

リンネの返答など聞かず、その男は二人の貴族の下へズカズカと歩いて行く。

話を聞かないことよりも、彼の歩き方がどうしても気になってしまうリンネであった。

何故《なぜ》あれほど前傾姿勢で歩くのだろうか。猫背にしても異様過ぎる。

貴族二人に料理を出し、異様な貴族の注文を聞く。

と同時にドワーフらからヨーグルト酒の追加注文が入った。

「こんにちはー。まだやってますか……って何この客層……」

「みなさんお揃いでありますね！　ここで会議でもなさるおつもりでしたか？」

「いやいや。そんなわけないだろ。ここには休憩がてらに食事に来たんだよ。オジュロまでいるなんてどうなってんだ……」

「いらっしゃいませ！　ヨシュア様。シャルロッテ様」

そして最後は大公本人の来店にリンネは既に感覚が麻痺《まひ》していて、驚くこともせず彼に応対する。

「すいません。私の身内ばかりが店を占領する形になってしまいまして」

「いえ！　ヨシュア様がご来店されてからお店が大繁盛です！　感謝しております」

「オジュロが粗相したら、連れて帰りますので……」

「そのようなことは」

「オジュロ。ここは領民も利用する店だからな。食べる店だぞ。食べる以外の変な動きはダメだからな」と指導をしているヨシュアの声がリンネにも聞こえた。

貴族様にああやって指導できるのなんて、ヨシュア様くらいのものです。と彼女は率直な感想を心の中で述べる。

あとがき

『追放された転生公爵は、辺境でのんびりと畑を耕したかった』八巻を手に取っていただきありがとうございます。

皆様のご支持があり「追放された転生公爵」も八巻となりました。

八巻では一巻から名前だけ登場していた帝国がいよいよ舞台となりました。

聖女の神託と枢機卿《すうききょう》の預言からはじまった本作ですが、節目を迎えようとしております。

新たな聖女の誕生、これまでになかったことで右往左往するヨシュアたち……是非、本編をご覧になっていただければと思います。


ここからはネタバレとなりますので、本編をご覧になられていない方は後から読むことをお勧めします。

新聖女の話はかなり前から構想しておりまして、ようやく本編登場となりました。

後に新聖女となる予定のリリーより姉がチラ見せで目立っており、これで読者の方を少しでも驚かせることができる、しめしめと思っておりました。

もう一人の新聖女であるマルティナは三巻で印象的なキャラクターとして登場しており、閑話でも何度か登場しています。

といっても、四巻閑話の視点はマルティナではなく、綿毛病から回復したミーシャでした。

冒頭で出たヨシュアの追放原因となった神託と預言がいち段落した後に「いよいよ」のつもりだったのですが、ホウライ編が挟まり本巻でのお目見えとなったわけです。

随分とマルティナには待たせてしまいました。


果たしてヨシュアはどのような結論を出すのでしょうか。

それは……次巻をお待ちください！


話は変わりますが、コミカライズ版「追放された転生公爵」は現在も絶賛連載中です。

是非、こちらもお手に取っていただけましたら幸いです。

最後に、本作を手に取りお読みいただいた読者様。

この場を借りてお礼申し上げます。

カドカワBOOKS

追放《ついほう》された転生公爵《てんせいこうしやく》は、辺境《へんきよう》でのんびりと畑《はたけ》を耕《たがや》したかった 8
〜来《く》るなというのに領民《りようみん》が沢山《たくさん》来《く》るから内政《ないせい》無双《むそう》をすることに〜

2023年２月10日　初版発行

著者／うみ

発行者／山下直久

発行／株式会社KADOKAWA

〒102-8177
東京都千代田区富士見2-13-3
電話／0570-002-301（ナビダイヤル）

編集／カドカワBOOKS編集部

印刷所／暁印刷

製本所／本間製本

●お問い合わせ
https://www.kadokawa.co.jp/（「お問い合わせ」へお進みください）
※内容によっては、お答えできない場合があります。
※サポートは日本国内のみとさせていただきます。
※Japanese text only

Printed in Japan
ISBN 978-4-04-074851-1 C0093